# 君に永遠の愛を 1

井上美珠

*Miju Inoue*

EB
エタニティ文庫

# 1

――大好きな人が、どんな時も傍にいると約束してくれた時、侑依(ゆい)はこれ以上ないほどの幸せを感じた。

その日は、忙しい彼との久しぶりのデートだった。

他愛もない話をしながらレストランで食事をしていると、不意に真面目な顔になった彼が言った。

『楽しい時間を過ごす人は、これから先も出てくるだろう。でも、辛い時、苦しい時に傍にいて欲しい人は、君しかいない。ずっと傍にいて、毎日顔が見たい。だから、僕と結婚してくれないか』

じっとこちらを窺(うかが)い返事を待っている彼に、侑依は思わず問い返してしまう。

『じゃあ、私が同じように辛くて、苦しい時も、必ず傍にいてくれる？』

『どんな時も、ずっと傍にいる。約束する』

そう言って侑依の手を強く握り、微笑む彼。その手の温もりを、もの凄く優しく感じた。

彼の言葉が本当に嬉しくて、胸がいっぱいになる。自然と涙が溢れてきた。

まさか平凡な自分が、彼みたいに素敵な人からこんなことを言ってもらえる日が来るなんて、思いもしなかった。

それなのに、すぐに返事をしないどころか、咄嗟に問い返してしまった自分のなんと可愛くないことか。でも彼は、そんな侑依にずっと傍にいると約束してくれた。

大好きな彼にそこまで言ってもらって、結婚を断るなどあり得なかった。

『私も約束する。私の方こそ、結婚してください』

抱きついて、ひとつに溶け合うみたいなキスをする。

彼の温かい身体に包まれて、侑依はこれ以上ないくらいの幸福を味わった。

＊＊＊

とても懐かしい夢を見た。あれは一年ほど前、侑依が二十六歳、彼が三十一歳の時のことだ。

プロポーズをされた時に戻ったような幸せな気分で目を覚ます。ひとつ息を吐き出して目を開けた侑依は、見慣れない白い天井に首を傾げた。

天井(てんじょう)はどこも大体白いよな、と寝起きの頭でぼんやり考える。

そこで、やけに身体が温かいことに気が付いた。不思議に思って隣を見ると、なぜ温かいのかよくわかった。

自分の腰に巻き付いている男の腕――

たちまち昨夜の失敗を思い出し、侑依は片手で顔を覆(おお)った。

いったい何をやっているんだ。

その時、ベッドサイドでアラームが鳴りだす。すぐに布団の中から長い腕が伸びてきて、目覚ましのアラームを止めた。

腕の持ち主は、はぁ、と大きく息を吐き、数回瞬(まばた)きをして目を開ける。

何度見ても、彼の目は綺麗な形をしていると思う。

キリッとした二重目蓋(ふたえまぶた)の大きな目は、一度見たら忘れられないほど印象的だ。それに、すっと通った鼻筋と、薄すぎないちょうどよい厚さの唇。

彼のように、どこから見ても整った顔立ちをした男は、芸能人以外で見たことがない。

「おはよう侑依」

「…………」

返事をせずにいると、彼は侑依の頬を引っ張った。

「おはようって言ったんだけど、聞こえなかった？」

すぐに頬を引っ張るのをやめた彼を、じっと見つめる。というか、睨んだ。

「おはよう、冬季さん。……また、セックスに持ち込んだ……」

冬季は侑依の視線に怯むことなく、淡々と答える。

「人聞きの悪い。君だって気持ちよさそうにしていた」

そう言いながら、彼は侑依の腰に絡めていた腕を外して起き上がった。ベッドから下りた彼が身に着けているのは、下着一枚だけ。当然、引き締まった背中やヒップライン、そして長い脚が露わになっている。

何度も見ているのに毎回ドキドキしてしまう。そんな自分に呆れつつ、侑依も起き上がった。

「シャワーを浴びた方がいい。昨日した後すぐに眠ったから。脚の間とかは軽く拭いておいたけど」

「……起こしてよ。そうしたら昨日のうちに帰れたのに」

唇をキュッと引き締めて言う侑依に、彼は小さくため息をついた。

「疲れてるんだろ？　軽めのセックスで落ちるんだから。寝かせてやりたいという僕の気持ちを無下にするな」

「それでも、起こして欲しかった」

「ホットタオルで拭いても、目を覚まさなかったのに？」

その台詞（セリフ）に、グッと言葉に詰まってしまう。

彼の言う通り、敏感な部分を拭（ふ）かれても起きなかったのは、それだけ侑依が深く眠っていたからだ。

確かに最近ちょっと忙しかったけど、まさかたった一回のセックスで寝落ちするとは思わない。

「いろいろ気遣ってくれたことには感謝するけど、私は帰って然（しか）るべきだったと思う」

それでも反論を試（こころ）みる侑依に、彼は無表情で答えた。

「終電もない時間にどうやって？　タクシー代だってバカにならないだろう？　ここからだと深夜料金込みで、五千円以上かかるんじゃないか？」

再度グッと言葉に詰まってしまい、思わず下唇を噛んだ。

侑依も働いているから、それなりに収入はあるけれど、あくまでそれなりだ。正直、家賃だけでも結構大変だったりする。冬季は侑依の財布事情を知っているし、侑依も彼と自分の収入に雲泥（うんでい）の差があることをよく知っていた。

それでも、譲れない理由が侑依にはある。

「……だって私たち、もう離婚してるんだよ。こういうことが続くのは、やっぱり良くないと思う。近所の人の目もあるし……」

「僕は気にしない」

そう言って、彼は寝室のクローゼットを開きアンダーシャツを身に着ける。スラックス、シャツと身に着けていくのを眺めながら、侑依はため息をついた。

離婚後、もう何度こうして彼の家に泊まっているだろう。

忘れ物に気付いては彼と会い、そのまま熱い夜を過ごすこともある。

これではいけないと彼からの連絡を無視した挙句、職場の近くまで迎えに来られて、彼の家に連れて行かれたこともあった。

信用第一の仕事をしていながら、そんなことでいいのかと心配になってしまう。

元夫である彼――西塔（さいとう）冬季は、比嘉（ひが）法律事務所という個人事務所に所属している弁護士だ。三十二歳という若さで、すでにデキる弁護士として名が通っているらしい。

四ヶ月ほど前に彼と離婚した侑依は、現在この家を出て一人暮らしをしている。

引っ越す時、家賃の高い駅近物件を避けるのと同時に、できるだけ彼の住んでいるマンションから離れた場所を選んだのだが、まさかそれがタクシー代という形で裏目に出るとは思わなかった。

ネクタイを首にかけた冬季が、クローゼットから布製のバッグを取り出し、ベッドの上の侑依に渡してきた。その布製バッグは、とある飲食店のオリジナルブランド。金色のロゴが気に入っていて、侑依がサブバッグとしてよく使っているものだ。実は色違いでもう一つ持っている。

「これ、この前君が置いていった下着と服。ここから出社するなら着替えた方がいいだろう」

侑依は少しだけ唇を尖らせた。

彼は侑依の言葉にきちんと返事をしてくれる。けれど、その言葉はつっけんどんだったり、ストレートすぎて傷付くことも多い。これは、結婚して気付いたことだ。

もっと違う言い方があるだろう、と思うこともしばしば。

けれど彼が、まっすぐな性格で、優しく面倒見のいい人情の厚い人だということも、侑依はよく知っていた。

「……ありがとう」

バッグを受け取り、ベッドサイドに立つ彼を見上げる。

「どういたしまして。そのバッグに、今日の服と昨日洗濯した下着を入れていけば、この家に君の忘れ物はもうない」

その言葉になぜかちくりと胸が痛む。侑依はそれに気付かないふりをして、彼に言った。

「じゃあ、私がここに来る理由はないね？」

「理由？」

「そうでしょ……だって私たち、離婚したんだから。いい加減、こういうのはやめようよ」

「こういうのって？」

彼は軽く首を傾げて侑依に問いかけてきた。

私に、それを言わせるの？　と思わず眉を寄せる。

しかし、黙って答えを待っている冬季に観念して、侑依は目線だけ逸らして口を開いた。

「セックス……する理由がないよ」

「離婚したらセックスしないという誓約はしていないし、会わないという約束もしていない。それに僕は、君が離婚して欲しいと言った時、嫌だと断ったはずだ。けれど、君が何度も泣いて懇願するから、仕方なく応じたんだよ」

彼は侑依に言い聞かせるように、じっと見つめてくる。

「今更、離婚について異議申し立てをするつもりはない。でも君は、理由なんかなくても、離婚に応じてあげた僕に会うくらいしてもいいんじゃないか？」

「……さすが弁護士さん。よく口が回る」

じくじくと痛みだす胸に、侑依はキュッと唇を噛む。

離婚して欲しいと言ったのは侑依の方だ。しかも、何度もどうして、と聞いてくる彼に、決して離婚の理由を答えなかった。

ただ「好きだけど離婚して欲しい、ごめんなさい」と、何回も繰り返した。

彼は普段からあまり表情を変えない人だったけれど、あの頃は酷く憔悴していたと思う。

最後には、泣いている侑依を見ながらペンを取り、離婚届にサインをしてくれた。

それを思うと、確かに侑依は弱い立場だ。

離婚はしないと言い続けていた彼に、無理やりこちらのわがままを通したのだから。

改めて自分が彼にしてしまったことを痛感し、侑依はきつく目を閉じる。

すると、はぁーっと、大きなため息をついた冬季が、ベッドの上に乗り上げてきた。

咄嗟に反応の遅れた侑依は、彼に肩を掴まれもう一方の手で顎を捕らえられる。

「なに？　……っん！」

彼に唇を奪われ、強く抱きしめられた。最初は触れるだけだった口づけは、すぐに深さを増し、侑依の口腔を冬季の舌が攻めてくる。

絡み合った舌に応えたいけれど、ぐっと我慢した。この人との相性はとてもイイ。だからいつも、翻弄されて、気持ちよくされるばかり。

彼の背に回しそうになった手を下ろし、きつくシーツを掴んだ。

昨夜の熱が残っているのか、キスだけで身体が蕩けてくるのがわかる。

キスの合間に唇の隙間から息を吸うけれど、すぐに塞がれてあっという間に呼吸が苦しくなった。

どくどくと心臓の音がうるさい。

苦しげに眉を寄せ、胸を喘がせる侑依に気付いたのか、冬季はゆっくりと唇を離し絡み合った舌を解いた。

「ん……っ」

侑依が小さく声を漏らすと、彼の手が頬を撫でる。

「好きなんだ侑依。君だって、まだ僕のことが好きだろう？」

そうして優しく髪の毛を梳き、間近から見つめてくる。

侑依は何も答えなかった。いや、答えることができなかった。どんなに彼の言う通りでも、それを言葉にすることはできない。

侑依は大きく胸を膨らませて乱れた息を整えた。

「私たちは、もう離婚してるんだよ。……だから、他に誰かいい人がいたら、その人と付き合って、結婚して欲しいの」

最後はちょっとだけ声が震えてしまった。

おずおずと彼を見上げると、フッと笑われて少しだけ頬を引っ張られる。

「泣きそうな顔と声で言われてもまるで説得力がないな。君は意地っ張りだから困る」

ベッドから下りた彼は、軽く服を整える。布団を引き寄せる侑依に向かって、彼は口を開いた。

「君を愛してるから結婚したし、離婚にも応じた。君がまだ僕と同じ気持ちだとわかっているから、セックスを仕掛けるし、誘う」

それに、と言いながら、冬季は首にかかったネクタイを結び始める。彼の動作は全てが洗練されており、その整った容姿もプラスされて、つい見入ってしまう。

初めて会った時も、彼にポーッと見惚れてしまったのを思い出す。なんて素敵でカッコイイ男子なんだ、と侑依は胸をときめかせていた。

「もう一度言うけど、君は気持ちよさそうだったし、セックスを嫌がらなかった。つまり同意の上のセックスだったということ。この前も、その前も、ずっと同じだった」

「でも……」

彼は侑依の言葉を遮るように、言葉を続けた。

「君こそ誰かいい人がいたら付き合えばいい。なのに、そうせずに僕との関係を続けている。それは、気心の知れたセフレと気持ちのいいセックスをするため？　それとも、仕事のフラストレーションを発散するため？　もしくは、単に性欲を満たすため？」

「そ、そんなこと！　違うよ」

あまりの言いように眉を寄せると、彼は涼やかな笑みを浮かべた。

「そうだね。君は決して口にしないだろうけど、僕が好きだから抱かれている。僕だってこんな関係をズルズルと続けるのは嫌いだ。でも、意地っ張りな君と過ごすには、こうするしかない。僕は君に執着しすぎているか？　迷惑？」

ネクタイを結び終えた彼は、軽く髪を手櫛で整える。それだけで整う髪質を、侑依はうらやましく思っていたし、それを彼に伝えていた。

『もう、朝の習慣だな』

朝起きたら一番に冬季の髪に触れる侑依に、いつもそう言って彼が笑っていたのを思い出す。

離婚後、侑依は冬季にそれをしなくなった。彼は侑依が髪に触れる前に、大抵ベッドを下りてしまっているから。

離婚したのだから当たり前だろう、と言われている気がした。

「パンとご飯、どっちがいい？」

「え？」

ぼんやりしていて、反応が遅れる。

「朝食、食べるだろう？」

彼はさっきの質問などなかったみたいに、朝食について聞いてきた。

侑依の答えを聞きたくないからなのか、彼らしい切り替えの早さなのかわからないけれど。

「……ご飯」

ボソッと答えると、いつの間にかきちんと身支度を整えた冬季が頷く。

「わかった。シャワーしている間に準備しておく」

背を向けて寝室を出て行く彼を見送って、侑依はベッドの上で深いため息をついた。

「冬季さん……まだ好きに決まってるよ……でも、そんなこと言えないでしょ」

自分のせいでダメにした関係。

大好きだからこそ、侑依には耐えられないことがあった。

でも今は、なんであんなに悩んで苦しんでいたんだろうと思うことばかり。

「後悔先に立たず……って私のためにあるような言葉だな……」

彼の言う通り、侑依は変に意地っ張りなところがあって、今もその意地を張っている最中だ。

自分の言葉に責任を持たなければならない。

やってしまったことにも責任を持たなければならない。

毎日そう、言い聞かせている。

侑依は、冬季の人生を掻き回してしまった。

「迷惑なんてこと、ないよ」

執着しすぎている……なんて、とんでもない。

侑依だって、心の中では大好きな彼に抱かれて喜んでいる。口では誰かいい人がいたら、なんて言いながら、そんな人、一生出てこないで欲しいと思っているのだ。

「何してんだろう、私。……本当にバカだ」

はぁ、と肩を落として頭を抱える。

けれど、ベッドサイドの時計を見ると、急がなければならない時間だった。

侑依は足元に置いてあるガウンを手に取りながら、これを用意してくれた冬季の優しさを思う。

なんで私は、大切な人の手を離してしまったんだろう——

離婚してから何度も繰り返してきた問いを胸に、侑依はベッドを下りた。

＊　＊　＊

テレビを見ながら他愛のない会話をし、一緒に朝食を取った。

結婚当初、食事中ほとんど話さない冬季に戸惑ったものだけれど、慣れれば凄く楽だった。

彼の前では無理に話をする必要がなく、ただゆっくりとした空気が流れる。

そうした時間を、心地よく感じていた。

食事の後片付けをして一緒に家を出る。結局侑依は、冬季に会社の前まで送ってもらった。

シートベルトを外しながら、本当に何をやっているんだろうと思う。これでは夫婦だった時と何も変わらないじゃないか。

「ありがとう。冬季さんも忙しいのに、会社まで送ってくれて」

ドアに手をかけつつ、運転席の冬季に礼を言う。

「出勤の時は、意地を張らずに素直に送らせてくれるから助かる。次に君を送るのはいつかな？」

冬季は微笑んで侑依を見た。侑依が口を尖らせると、さらにその笑みが深まる。

「もう忘れ物ないし。次はないよ、きっと」

「きっと、か？」

「そう、きっと」

キリッとした顔で言うと、冬季は腕を伸ばして侑依の頭を撫でた。

「また連絡する」

そう言って、冬季は侑依の顔を引き寄せ素早くキスをする。

ここは侑依の会社の前だ。目を丸くする侑依に、彼は薄く笑みを浮かべて、視線を背後にずらした。

「坂峰が見てる。早く行った方がいいな」

ハッとして車の窓に目を向ける。そこに、侑依の働く町工場、坂峰製作所の社長の息子――坂峰優大がいた。侑依は慌てて助手席のドアを開けて車を降りる。

「じゃあ、冬季さん」

ドアを閉めた後、すぐに冬季は車を発進させた。

それを目で見送った侑依は、立ち止まっている優大に駆け寄る。腕組みをしていた彼は、大きなため息をついた。

「お前さ、元旦那とまたよろしくやってしまったわけ？」

片眉を上げて、あからさまに呆れた顔をされる。彼の言葉に、侑依は気まずくなって顔を逸らした。

ダメだとわかっているのに、冬季を前にすると断れない。今朝、後悔したばかりなのに、優大に言われてさらに後悔の念が募った。侑依は額に手を当て、目を瞑る。

出勤する社員が挨拶しながら、立ち話をする侑依と優大の横を通り過ぎていく。始業までにはまだ時間があるから大丈夫なのだが。

「責めてるわけじゃない。お互いフリーなら、アリだと思うぜ俺は。ただな……だったらお前、なんで西塔と離婚したわけ？　それが俺にはさっぱりわからん」

優大が、肩を竦めて首を左右に振る。

「離婚しても、結局離婚前と変わらないなら、いっそ復縁してもいいんじゃないか？」

「……復縁、はない」

目を開けた侑依は、優大を見て言った。

「意地を張ってもいいことないぞ」

そんなことはわかっている。けれど、何も言わずに離婚してくれた優しい彼を、これ以上振り回したくない。

「これ以上は、冬季さんに迷惑だから」

「好きすぎて別れて？　でも、元旦那はお前のことがまだ好きで？　今も関係続けてて？　すでに迷惑かけっぱなしだと思うけどな」

確かにそうだ、と再びギュッと目を瞑(つぶ)る。自分の言葉が矛盾していることに、なんとも言えない気持ちになった。

「西塔は、お前が離婚を突き付けた理由、知らないんだろ？」

侑依は力なく頷いた。

「冬季さんの周りには、いつだって、凄くキレイで洗練された女性がたくさんいる。あの人は、常にそういう素敵女子たちからアプローチされてるのよ……。彼と結婚してるのに、そんなことにも耐えられなかったなんてバカみたいな理由……言えるわけがないじゃない……」

我ながら、本当にバカな理由だと思う。それでも、あの頃の侑依にとっては、どうしようもないくらいに切実な問題だったのだ。

はぁ、とため息をつく優大は、また首を振って侑依に言った。

「本当バッカだよな、お前。そんなことを気に病んで、悩みすぎて別れるなんて……。あいつ、今でも本気でお前のこと好きなのにな」

冬季が今も侑依を思ってくれているのを知っている。侑依だって、気持ちは同じ。

でもあの時、つくづく思い知らされてしまったのだ。

『西塔さんはどうして、あなたみたいな人を奥さんにしたのかしら』

ある企業が主催するパーティーに彼と出席した時に言われた言葉——

冬季が法務を担当している大企業が主催で、招待客も富裕層が多かったのを覚えている。

それ以前にも、何度か女性にそう言われたことはあったけれど、その日はなぜか、酷く胸に刺さったのだ。

ちょうど、いろいろな不安が高まっていた時期だったのも関係しているかもしれない。

彼の仕事や、彼を取り巻く世界に触れるたびに、じわじわと不安が膨れ上がっていく。

ごく平凡な家庭に育った侑依には、場違いな気がしてしょうがない世界だった。けれど、冬季は堂々とその場に馴染んでいるし、洗練された可愛らしいお嬢様や、綺麗な女社長たちと絶えず話をしていた。

そして、そうした女性たちは、いつだって侑依と冬季を見比べ眉をひそめるのだ。

もちろん、それまでも冬季のモテ具合は見てきたけれど、なんだか急に自分の感情をコントロールできなくなってしまった。

侑依は本当に彼の隣にいていいのか、わからなくなってしまったのだ。引き金になったのは女性からの言葉だったけれど、全ては侑依の弱さが招いた結果である。

「お前が復縁はないって、本気で思ってるなら、今こんなことになってないだろ。……あまり意地を張ると、不幸になるだけだぞ」

厳しいながらも、どこか侑依を気遣っている声音。

優大は最近結婚した。奥さんは、少しふくよかな可愛い子。笑った顔がとても素敵で、見ていると凄く癒やされる。時々差し入れを持ってきてくれるのだが、手作りのお菓子や料理が本当に美味しいのだ。

優大は結婚して幸せだからこそ、余計に侑依のことが心配なのかもしれない。年の近い彼とは同僚だけど、仲の良い友人でもあった。

だから、バカだと言って呆れながらも、こうして気にかけてくれるのだろう。

「わかってる。ありがと、優大」

侑依の言葉に再び大きなため息をつきつつ、彼は「行くぞ」と、侑依の肩を押した。

気持ちを切り替え、今日もきちんと仕事をしなければと思う。けれど、侑依の頭からは、なかなか冬季の顔が消えてくれなかった。

## 2

侑依が冬季と出会ったのは、今から一年半くらい前だったと思う。そのきっかけは、侑依が坂峰製作所に就職したことだった。

大学在籍中に事務に必要そうな資格や秘書検定などを取っていたのは、なんとなく就職に有利になるだろうと思ってのことだった。

それもあってか、四年の春には、すでに大手企業から内定をもらっていた。けれど同じ頃、偶然工学部の友達に見せてもらったある機械の精密さに一瞬で心を奪われてしまった。

寝ても覚めてもそれが頭を離れず、侑依は思い切ってその機械を作った町工場(まちこうば)を訪ねた。

そこが、坂峰製作所だったのだ。

坂峰製作所は小さな町工場(まちこうば)ながら大手企業を相手に手堅い仕事をしており、確かな信用と実績を築いている会社だった。また、この製作所の技術でしか作れない部品をいくつも持っていて、国内外の幅広い企業と取引があった。

少数精鋭の社員たちは誰もがプライドを持って仕事をしており、手作業で寸分違わぬ精密機械の部品を作り上げている。その高い技術に感動した。

ただ一度の見学で、侑依はすっかり坂峰製作所に惚れこんでしまった。この会社は、どこの大企業にも負けない素晴らしい会社だと信じて疑わなかった。

こういう会社で働いてみたいと心から思った瞬間、侑依は内定を断る決意をした。

当然、周囲からは強く反対された。

大手企業に勤めれば、たくさんお給料がもらえて安定した生活が送れると説得された。そして坂峰製作所からも、前途ある若者の可能性を奪うことはできないと首を横に振られた。けれど侑依はどうしても諦めきれず、何度も坂峰製作所に通い続けた。最終的に、相手が折れる形で、就職させてもらえたのだ。

やっぱり周囲にはいい顔をされなかったけれど、侑依が製作所で仕事を始めてからは、徐々に何も言われなくなった。

そうして大学を卒業して四年。

二十六歳になった侑依の肩書は事務員兼社長秘書となり、経営方針について意見を求められるまでになっていた。

両親や親友、そして会社の同僚や社長にも認められ始めた頃、侑依は坂峰製作所が招待されたある大企業のパーティーに誘われた。

本来なら侑依は出席できないのだが、社長の大輔が侑依を連れて行くと言い出したのだ。パーティー出席なんてとんでもない、と最初は断ったけれど、社長自ら熱心に誘ってくれて、興味もあったことから行くことに決めた。

そうしてパーティー当日。侑依は、坂峰製作所の社長夫婦と、その息子の優大と一緒に会場へ足を踏み入れたのだ。

初めて行ったパーティー会場は、とにかく素晴らしいの一言に尽きた。

大きなテーブルがいくつも並べられ、白いクロスの上にはシャンパングラスやワイングラスが置かれている。

それぞれの席には、綺麗にカトラリーがセッティングされていて、乾杯の前にシャンパンを注いでもらった。

「凄いね、優大」

「ああ。今回は特に盛況だ。料理も凄いし、招待客も去年より多い気がする」

優大の言葉に頷きつつ、侑依は周囲に視線を向ける。

「こんな大きなパーティーに招待される坂峰製作所って、やっぱり凄いね」

改めて自分の勤める会社の凄さを実感した。

あの時の侑依の選択は間違っていなかったと心から思う。

パーティーを主催している有名電気機器メーカーへ、坂峰製作所は部品提供をしていた。たった一つの部品だが、メーカーにとって必要不可欠である。坂峰製作所が特許を取得している、他に真似のできない高い技術によって作られた部品だ。

もちろん、坂峰製作所にとっても、このメーカーとの取引は大きい。小さな町工場にとって、大企業との取引はそれだけで大きな信用に繋がるからだ。

「ああ、凄いよな。きっとここで俺らの会社の名前を言ったって誰も知らんだろうけど、誇りに思うよ。もし万が一契約を切られることになったって、実績は残る」

自信を感じさせる優大の言葉に、侑依も背筋が伸びる思いだった。

「おい優大、契約を切られることになっても、とか冗談でも言うなよ。そうされないだけの技術を、ウチは持っているんだからな」

隣から口を挟んでくる大輔に、優大は肩を竦めた。

「侑依ちゃんにも、知って欲しかったんだよ。四年前、熱心に就職させてくださいと言って、何度もウチに足を運んでくれたね。最初こそ、若い女の子だしきっと長続きはしないだろうと思っていた。けど、なかなかどうして根性があって、今ではウチになくてはならない存在になった。そんな侑依ちゃんに、ウチはこんな大きな会社のパーティーに招待される会社なんだぞって、教えてあげたかったんだ」

そう言って大輔は、広い会場を見渡した。

その顔には、優大と同じ自信と誇りが浮かんでいる。

大輔の隣でその妻が言いすぎよ、と言ってにこやかに笑う。けれど、きっと彼女も自分の会社が凄いということを信じて疑っていない。

「はい。本当に凄いです。私は坂峰製作所の一員にしていただけて、本当に嬉しいです」

侑依はこの場所にいるだけでお腹がいっぱいになる気がした。会場の華やかな空気に当てられて、ついワインを飲みすぎてしまいそうになる。

いけないいけないいけない、と自重を心がけた。

「はぁ……」

アルコールのせいで、少し熱くなった息を吐き出すと、隣のテーブルから女性の話し声が聞こえてくる。どうやら彼女たちは、パーティー会場で素敵な男性を見つけたらしい。

「彼、素敵ね……何関係で招待されているのかしら。私たちと同じように端っこの席だから、業務提携している中小企業？」

「違うわよ。彼、法律関係の人らしいわ。さっきからずっと気になってて、ちょっと情報収集しちゃった。なんか希望して席を端にしてもらったみたいだけど、彼とその隣にいる女性、このパーティーを主催する会社の法務関係一切を引き受けているらしいわよ」

ヒソヒソ話にしては大きな声だから、つい聞き耳を立ててしまう。

「えっ、じゃあ、彼って弁護士!?」

「ええ、きっと。着ているスーツも良さそうだから、収入も凄いでしょうね。だって、あんなに若いのに大企業の弁護士よ？」

「ねえ、後で話しかけに行かない？」

「そうね。もしかするともしかして、みたいなこともあるかもだし？」

そうして、うふふ、と笑い合う女子二人。そんな彼女たちを見ながら、侑依は美味しい料理を味わいつつ、ワイングラスに口を付けた。

そのまま何気なく彼女らの視線の先に目を向けた侑依の動きが、ぴたりと止まる。

「……っ」

思わず二度見してしまった。そして、何度も瞬きを繰り返す。

きっと今、侑依はかなりバカっぽい仕草をしていると思う。せめてワイングラスを口から離して、と思うが、そんなことにすら頭が回らなかった。

侑依がいるテーブルは、先ほど盛り上がっていた女性たちの隣だ。そして〝彼〟がいるのは、女性たちの反対隣のテーブル。つまり、侑依にとってはテーブルを一つ挟んだ向こう側。

そこには、女性たちが騒ぐのも納得の素敵な男性が、年上の女性と談笑していた。

侑依は目聡く、その女性の左手薬指に指輪があるのを見つける。そして、素敵な彼の指には指輪がないことも確認してしまった。

ワインに酔ったのだろうか。なんだか、ドキドキして胸が苦しい。

少し落ち着こうと一度目を閉じて、再び開けた瞬間——彼とばっちり目が合った。

「んふっ……」

咄嗟にワイングラスに口を付けたまま会釈をして、慌てて視線を外す。

侑依は動揺のあまり、自重しなければと思っていたワインをゴクゴクと飲んでしまった。

「おい！　一気にそんなに飲んで大丈夫か？」

隣で優大が小さく注意してくるが、構わず飲み干してしまう。

「あ……凄く喉が渇いちゃって……お水も飲むから、大丈夫」

はぁ、と息を吐くと一気に酔いが回った気がした。ヤバいな、と顔を手でパタパタ扇ぎながら、水を一口飲む。

そうして一息ついたところで、彼と目が合ったのは気のせいかもしれないと思い始めた。

だからもう一度、ちらりと視線を向ける。すると、こちらを見ていたらしい彼が、にこりと笑った。

つられたように侑依も微笑み、ぎこちなく彼から視線を外す。

「おい、顔赤いぞ。大丈夫か？」

優大が心配そうに横から顔を覗き込んできた。こくりと頷いた侑依は、おもむろにグラスの水を飲み干す。

「ちょっと酔いを覚ましてくるね。すぐに帰ってくるから」

「気を付けろよ」

　優大は心配そうな顔をしたが、そこまで酔っていないと判断したらしい。彼とはよく飲みに行くし、侑依が酒に強いことを知っているからだろう。

　どうせなら化粧直しもしてこようと思い、クラッチバッグを手に会場の外に出る。

「ふう……やっぱり、会場内の熱気って凄いよね……」

　廊下に出た途端、少し落ち着いた感じがした。もしかしたら、知らずに人々の熱気や高揚した雰囲気に当てられていたのかもしれない。クールダウン目的で外をぶらぶらしてから戻ろうと思った。会場の外は人もまばらで、侑依は目についた化粧室へ入る。

　用を済ませた後、鏡を見て口紅を塗り直した。

「目元はまだキレイだな」

　メイクがヨレていないのを確認しつつ、髪の毛に触れる。

　初パーティーということもあり、気合を入れて美容室でセットしてもらった。まっすぐな黒髪に軽くウェーブをつけ、緩（ゆる）くまとめ上げた髪形は、自分でも凄く可愛いと思う。

　奮発して買った、セットアップのパンツスタイルの色はグレイッシュピンク。黒いドレスが多い中、明るい色味が華やかに見えて、ちょっと目を引くかもしれない。

だからきっと、あの素敵な彼と目が合ったのだろう。

「それにしたって……ため息が出るくらいイケメンだった……あれで弁護士かぁ」

モテてモテてしょうがないだろうな、と勝手な推測をつぶやく。

大体、侑依を見てにこりと笑ったあの顔は、明らかにルール違反もいいところだ。

「あんなイケメンに突然微笑まれたりしたら、びっくりしてお酒も一気に飲んじゃうよ」

脳裏に浮かんだ彼の顔を、頭を左右に振って追い出す。

侑依は無駄に入った力を抜くため、一度ぐっと肩を上げて、ふーっと息を吐きながら肩から力を抜いた。そうして、よし、と気持ちを切り替えて化粧室を出る。

会場へ向かって歩いていると、入り口の近くで先ほどのイケメンが女性二人に囲まれていた。が、お世辞にも楽しそうとはいえない様子が見て取れる。

他人事ではあるが、イイ男は大変だなと思った。侑依はできるだけ遠回りをして入り口に向かう。

ところが彼は、微笑んで侑依に近づいてきた。

「ああ、よかった。あなたにお話があったんです。先日ご相談いただいた契約トラブルについて、少しお話をさせていただきたいんですが……」

「えっ？」

意味がわからず首を傾げる。その間に、彼はついてきた女性二人に「すみません」と言った。

「この方と大切な話があるので、失礼していいでしょうか？」

にこりと笑うと、二人の女性は頬を染めてあっさり引き下がる。

侑依はその様子を間近で見て、イケメン効果の凄さを実感した。

「では、あちらで少しお話を」

そう言って軽く背中を押されて、思わず肩に力が入る。

今日はヒールの高いパンプスを履いているにもかかわらず、彼は侑依より頭一つ分以上背が高い。その身長差にドキドキしてしまう。

同時に、女性二人から離れたかった彼に、都合よく使われたらしいのを、ちょっとだけ不快に思った。けれど、少し離れた場所にあるソファーに並んで座り、改めて彼の顔を見た瞬間、その気持ちはどこかへ行ってしまう。

綺麗な二重目蓋をした切れ長の大きな目。それはちょっと日本人にはないような、くっきりと美しい形をしている。すっと通った鼻筋にシャープな顎のライン、薄すぎない唇の形も綺麗だった。

テレビに出たら一発で話題になるだろうと思うくらい、彼には人の目を惹きつけてやまない端麗さがある。

また、着ているスーツも、近くで見ると凄く良いものっぽい。男の人のスーツはどれも同じようなものだと思っていたけれど、そうではないとはっきりわかった。

彼はチャコールの三つ揃いのスーツを着ていたが、中に着ているシャツは薄いグリーン。そこに濃いモスグリーンのネクタイを合わせている。

同じように見えがちなスーツなのに、シャツでさりげなく差をつけるなんてオシャレだ。

「助かりました、ありがとう」

そう言って、イケメンが微笑みながら軽く頭を下げてくる。

遠くから見ても素敵だと思っていたのに、近くで微笑まれるとその威力が倍になったように感じて困ってしまう。

しかも彼の声は、耳に心地いい低音で、とても侑依好みだった。

あまりのカッコよさに直視ができず、侑依は微妙に視線を外して頷く。

「いえ、はい……じゃあ、あの……私は、これで……」

ここにいるとますます困りそうな気がして、早くこの場から離れたくなった。なのに、立ち上がろうとしたら手首を掴まれて、心臓が跳ね上がる。

「もう少しいいでしょう？　また彼女たちに捕まると面倒なので」

結構はっきり言うなぁ、と侑依は瞬きをして彼を見た。

「それに、君と話がしたいと思ったんですが」

「は……？」

「君と話がしたいと思ったんです」

同じことを二度言われた。

なんと言うか、彼の言い方はストレートではっきりしている。それに、どこか不器用な感じ。もしかしたら、同じことを二度言ったのも、侑依に聞こえなかったと思ったからかもしれない。

「言っていること、聞こえませんでした？」

しばらく返事をしなかったら、首を傾げながらそう言われた。

この距離で聞こえないわけがないだろうと思いつつ、やっぱり彼は不器用なのかな、と感じる。

「聞こえましたよ」

再びソファーに座って口を開くと、彼の表情が和らいだ。

「君の声を聞きたかった」

「は……？」

何を言っているんだ、と軽く眉を寄せる。すると、彼も同じように眉を寄せた。

「何かおかしなことを言ったかな？」

「いえ……ただ、どうして、私なんかの声を？」

戸惑いの表情を浮かべる侑依に、彼は少し考える仕草をした後、微かに笑みを浮かべる。

「目が合ったから？」

疑問形で言われて、こっちの方が首を傾げたくなった。

イケメンだけど、不思議な人だと思いながら彼を見つめる。そんな侑依を、彼も見つめ返してきた。しばらく無言で視線を合わせ、互いに何度も瞬きをする。

実際の時間より、長く見つめ合っていたような気がした。不思議なことに、相手への好意を覚える前に、ずっとこうしていたいという気持ちに囚われる。

なんで、どうして、と冷静な部分で考えるけれど、それとは別の感覚的なものに支配されていて、思考が上手くまとまらない。

「それに、可愛い人だと思って。君が席を立ったから、僕も立ったんだ」

「……さっきのお二人は？」

侑依は、ぼんやりしたまま尋ねる。

「隣のテーブルだったのは知っているけど、会場を出た途端声をかけられて。実は、かなり困っていたんです」

「きっと、あなたとお話ししたかったんですね」

「そうでしょうね」

あっさり肯定した彼は、悪びれることなくにこりと笑う。

ここまではっきりしていると、なんだか気持ちよく感じるから不思議だ。それに、彼の容姿は「そんなことないです」と、はにかんで否定するようなレベルじゃない。

「イケメンですもんね、わかります」

頷いて、侑依は彼を見上げる。

「ありがとう。君も可愛いですよ。思わずついて行きたくなるくらいには」

何度も可愛いと言われて、なんと答えていいかわからない。

だって、どう考えても自分の容姿より彼の容姿の方が優れている。

確かに、これまでも人に可愛いよと言ってもらったことはあるけれど、社交辞令の範囲だ。

それに、この年にもなれば、女の子同士の可愛いと、男から見た可愛いが違うということくらい理解していた。

「あなたみたいな人から褒められるほどの容姿じゃないと思うんですけど……」

侑依の容姿は普通だ。それに、コンプレックスも結構ある。日本人らしい低い鼻だとか、ぼんやりして見える二重目蓋だとか。

「じゃあ、君が僕の好みなんだろう。一目惚れってありえないと思っていたけど、実際あるんだなって……今、身をもって体験している最中」

優しい眼差しに、心臓が跳ね上がる。

こんな素敵な人が、侑依に好意を持つなんてありえない。もしかして担がれているのでは、と、侑依は騒ぐ鼓動を必死に抑える。そして、なんとか平静を装って微笑み返した。

「カッコイイ人が、そんなことを軽々しく言ったりしたらダメですよ。……本気にしたら、酷い目に遭いそう」

「本気にしてくれないと困る。今頃上司は、女性の後を追いかけていった僕に呆れているだろう。これでフラれたりしたら、きっとヘタレ扱い確定だ」

彼の言葉に心が揺さぶられる。侑依の心臓はずっと高鳴りっぱなし。

彼の言う一目惚れじゃないけれど……こんな風に出会ってすぐに惹かれることなんてないと思っていた。けれど、そんな出会いが本当にあるのだと驚いてしまう。

確かに、パーティー会場で彼を一目見た瞬間、視線が釘付けになった。それに目が合った時は、心が騒いで思わずワインを一気飲みしたほど。

「それって、私をからかっているわけじゃないですよね？」

侑依は、息苦しさを感じながら彼に問いかける。

「これでも信頼が売りの職業でね。仕事で嘘をつくことはあるけど、今は本当のことしか言ってないよ」

やっぱり彼は、はっきりした物言いをする。信頼が売りと言いながら、仕事で嘘をつくと正直に言ってしまうし。

「君はこのパーティーを主催している会社の招待客？」

「一応、そうです。今日は、社長に連れて来ていただいて」

侑依はバッグを開けて、中から名刺ケースを取り出した。

「坂峰製作所で事務員をしております、米田侑依です」

軽く頭を下げながら名刺を差し出す。彼は侑依の名刺を両手で受け取った後、スーツの内ポケットから名刺ケースを取り出し、侑依に名刺を差し出した。

「比嘉法律事務所で弁護士をしております、西塔冬季です。このパーティーを主催する会社の顧問弁護士を務めています」

名刺を両手で受け取った侑依は、何度も瞬きをして彼と名刺を見比べた。そういえば、隣のテーブルの女性たちが、彼はこのパーティーを主催する会社の法務関係一切を引き受けているらしい、と言っていたのを思い出す。

あれは本当のことだったのか……！　と侑依は、驚きに目を丸くした。

「と言っても、上司とともに顧問をしているんだけどね。他にここと同じ規模の企業をもう一件受け持っているけど、それ以外は主に中小企業と仕事をさせてもらっている。僕の肩書は、信用するに値しますか？　米田侑依さん」

そうして彼は、にこりと笑みを浮かべて侑依の顔を見つめてくる。

「それは、もちろんです、けど……」

このパーティーに招待されていて、彼が弁護士と知っている人もいる。そして今受け取った彼の名刺。その全てを合わせると、彼は外見以上に凄い人なのだとわかる。

けれど、本当に侑依に嘘をついていないと言えるのだろうか。

急速に彼に惹かれている自覚があるから、余計に疑心暗鬼（ぎしんあんき）になってしまう。

単なる出会いの一つと、軽い気持ちでいればいいのに、侑依はいつもそれができない。

「そういえば、坂峰社長に挨拶（あいさつ）をしていなかった。一緒に行こう」

「え？　西塔さん、ウチの社長を知ってるんですか？」

「もちろん。君の会社の権利を守ったのは僕だから」

権利を守った、という彼の言葉に、侑依は首を傾（かし）げる。

彼はその間に侑依の手を引き、ソファーから立ち上がった。そのまま手を繋（つな）がれそうになって、急いで彼と手を離す。冬季はそんな侑依に苦笑しつつ、代わりに背中に手を回してきた。

大きな手だと思った。背中に彼の体温を感じる。

胸は勝手にドキドキと高鳴るし、どうにも耐えられそうにない。

「あの、手、を離してください。背中、汗をかいちゃいます」

ススッと彼から距離を取ると、彼はあっさり手を離した。

「慣れてない？」

その言葉にちょっとだけムッときて侑依は言い返す。

「そんなことないです。でも、私たち、初対面ですし……」

右手で肩を抱く侑依に、冬季は静かに首を振った。

「こちらの言い方が悪かった、申し訳ない。でも君、凄く良いよ。好きだな、そういうところ」

優しく微笑まれて、侑依の心臓は苦しいくらいにドキドキしっぱなしだ。

なのに彼は、すぐに涼しい顔になって会場へ入っていく。

その後を追うと、彼は迷いなく坂峰製作所の社長、大輔のもとへ歩いて行った。

「坂峰社長、お久しぶりです。ご挨拶が遅れて申し訳ありません」

冬季は侑依と話す時と同じトーンで大輔に声をかけた。

大輔は満面の笑みを浮かべて立ち上がり、冬季の手を握る。

「これは西塔さん。こちらこそ、ご挨拶が遅れてしまって。その節は、本当に助かりました」

先ほどの、権利を守ったという言葉と侑依の記憶がようやく符合した。

「そういえば、ここに納めているウチの部品の契約って……」

このパーティーを主催する会社は、坂峰製作所の技術を高く評価して部品を扱ってくれていた。けれど、その契約の内容で、きちんと扱われていない部分があったようなのである。

こちらが何度も契約の確認を申し込んでも解決しなかったその問題を、新たに担当になった顧問弁護士が正してくれたのは記憶に新しい。

「顧問になってまだ一年半ですが、ああした問題を見過ごしていては、企業の信頼も損なわれてしまいますからね。それに、坂峰製作所の高い技術は、正当に評価されるべきですから」

彼のその言葉に、大輔が満面の笑みを浮かべて頭を下げた。

二人のやりとりを聞きながら、彼は侑依の大切な会社を守ってくれた人なんだと、認識を改める。

そして、彼が信用するに足る相手なのだとわかった。

このドキドキも何もかも、信じて大丈夫なのだと、侑依は大輔と話す冬季を見つめる。

その時、彼と目が合った。

今まで以上に、心臓が跳ね上がる。

「そういえば、どうしてウチの米田と一緒に……?」

大輔が侑依と冬季を交互に見て首を傾げた。

「ええ。実は先ほど、少し話をさせていただいて。可愛い事務員さんですね」

「そうでしょう。それでいて、優秀なんですよ。契約のことも、彼女が最初に気付いてくれましてね」

大輔が侑依を褒めてくれるのは嬉しい。でも、彼の前だと思うとなんだか凄く恥ずかしかった。

「よかったらですが、これからウチの法務を西塔さんにお願いできませんか。……法律のことなど何も知らない町工場ですから、ぜひ西塔さんのような方に力を貸していただきたい」

冬季は侑依をちらりと見た後、大輔の言葉に頷いた。

「そう言っていただいて、こちらこそ光栄です。小さな事務所ではありますが、上司と相談し、前向きに検討させていただきます、坂峰社長」

冬季が坂峰製作所の担当になる。それを聞いた侑依は、今後も彼と会えるかもしれないという期待に胸を膨らませた。

よろしくお願いします、と握手を交わす冬季と大輔。そんな彼を、侑依はじっと見つめた。

そして彼も侑依を見つめる。一瞬、互いの視線が交わったと思ったら、彼はすっと会釈をして自分のテーブルへ戻っていった。

いやーよかった、と言う大輔の言葉をぼんやり聞きながら、視線は彼を追ってしまう。すると、横にいる優大の視線に気付いた。

「何、優大？」

「なぁ、あの弁護士先生と見つめ合ってたけど……、もしかして口説かれたのか？」

「……別に」

咄嗟に否定したけれど、優大は腕を組み目を細めて侑依を見てくる。

「やたらとイイ男だし、弁護士。慎重にいけよ？　お前の目、マジでハートだったからさ」

「そ、そんなことないよ！」

目がハートと言われて焦る。

そんなことないと言いながらも、じわじわと顔が熱くなってきて、侑依は近くにあったシャンパンを一気に飲んだ。心臓の高鳴りと相まって、急に酩酊感が強くなる。

ふと、彼のテーブルに目をやると、侑依を見ていたらしい冬季に苦笑された。

彼の唇が、のみすぎ、と動く。

その瞬間、早くこのパーティーが終わらないかと思った。

もう侑依の頭の中は彼のことでいっぱいになっていて、込み上げる気持ちを止められなくなっている。こんなことは初めてで、自分はいったいどうしてしまったのかと思った。

今まで抱いたことのない感情に戸惑いつつ、ソワソワと落ち着かない時間を過ごす。パーティーが終わるまでの時間をやけに長く感じた。そして、終わった後、侑依は真っ先に冬季のもとへと走った。

彼とこのままで終わりたくないと思ったから。

「あの、西塔さん……」

少しの恥じらいを感じながら、思い切ってクラッチバッグからスマホを取り出した。

しかし、自分から連絡先を聞くのはどうなのだろうと思ってしまい、その先の言葉が出なくなってしまう。

スマホを持ったまま固まる侑依に、冬季がふっと微笑んだ。

「そういえば､連絡先を聞いてなかった｡今度､一緒に食事でもどうですか？　侑依さん」

「……はい！」

互いに微笑み合い、連絡先を交換し合った。

そうして初めてのご飯デートをした後は、自然にまた次のデートの約束をした。

自分でもびっくりするくらい急速に惹かれていった。こんなにも自分の心が、まっしぐらに恋へ落ちていくなんて思いもしなかった。

この人とずっと一緒にいたい、この人しかいないと考えるようになるのはすぐのことだった。

デートが嬉しくて、一緒の食事も楽しい。会うほどに彼のことが大好きになる。時にはちょっとした喧嘩もしたけれど、それも含めて彼との関係を深めていった。

出会って半年後にはプロポーズ、そして入籍と、結構なスピードだったと思う。

それでも侑依は本当に冬季を愛していたから、とにかく幸せで何も不安はなかった。

だからまさか、結婚して半年で離婚するなんて、この時は思ってもみなかったのだ。

## 3

――冬季と夜を過ごした一週間後。

侑依はいろいろなことを反省し、きちんと気持ちを切り替えなければと決意する。でも、それがなかなかに難しかった。

だから週末、侑依は気分転換も兼ねて、仲のいい友達をランチに誘った。

美味（おい）しい食事と楽しい会話で気持ちは浮上したものの、全てを知る友人につい愚痴（ぐち）を零（こぼ）してしまう。

「またやってしまった……」

久しぶりに会った大学時代からの親友の山下明菜（やましたあきな）は、食後のコーヒーを飲みながら大きなため息をついた。

「それって、西塔さんのこと？」

こくりと頷く侑依にさらにため息をついて、明菜はコーヒーカップを置いた。

「そう。急にランチに誘ってくるから、何かあるだろうな、と思ってたけど……それを言いたかったのね。また会ったの？」

「うん」

「それで、エッチなことまでしたわけ？」

「……だらしないよね、私」

侑依はテーブルに肘をつき両手を合わせる。そこに額を押し当てると、頭をペンッと叩かれた。

「まぁ、否定はしないわね」

明菜にはっきり言われて、侑依は苦い笑みを浮かべる。

「離婚して親からは見放され、向こうの親にも嫌われて、安アパートで一人暮らし。そこまでしておいて、元旦那とはまったく切れていないなんてね」

言いながら、私はバカだ、と何度も心の中で自分を責める。

あの時の侑依には、離婚する以外の選択肢がなかった。自分なりに精一杯考えて出した結論だったけれど、彼に求められるまま関係を続けてしまっている現状に、どうしようもない焦燥が募る。

「私が悪いのはわかってる」

「当たり前。付き合っているのを別れたんじゃなくて、離婚だからね」

明菜の言う通りだ。

彼女は侑依が冬季と別れた理由を知っている。それに侑依が一方的に別れを切り出し、離婚してもらったことも知っている。

自分のわがままで、冬季を始めたくさんの人たちを傷付けたのだから、侑依はもっときちんとしなくてはいけない。どんなに冬季が望んでくれたとしても、彼を大切に思う人たちにとっては、侑依のしたことは決して許せることではないのだから。

現に離婚後、冬季の母親から直接電話がかかってきた。

『出会って半年で結婚。しかも、お式も挙げないなんてどうかと思ってましたよ。それが半年で離婚だなんて……。もうこれ以上、うちの息子に迷惑をかけないでちょうだい。今後は、何があっても絶対に会わないでくださいね』

もともと、彼の両親からはあまり良く思われていなかった侑依である。義母の怒りはもっともだと思った。だから侑依は、電話口で、「はい」と返事をした。

彼とは、絶対に会わないつもりだった。けれど、まったく会わないというのは状況的に難しく、侑依にはどうしようもなかったのだ。

なぜなら彼は、侑依の職場に一月(ひとつき)に一回、顧問弁護士として訪ねてくる。どれだけ冬季との接触を避けようとしても、仕事である以上まったく会わないということはできなかった。

「明菜の言う通り、離婚したんだからエッチはダメだよね」

わかっているのに……。嫌いで別れたんじゃなく、むしろ好きすぎて別れたから、求められると断り切れないのだ。

自分の中にある矛盾した気持ちを持て余し、侑依は項垂(うなだ)れる。

ため息をついた明菜は、おもむろにデザートのケーキにフォークを刺して、一口食べた。

「大好きな人と結婚したのに、その人と離婚するって相当だと思うけど。早まったんじゃないの？」

「ううん……冬季さんの隣にいるには、もっと強くないとダメだった。私は弱くて、彼を誘惑してくるキレイな人や可愛い人たちから上手(うま)く目を逸(そ)らすことができなかった。悪いことばかり考えてしまうし、嫉妬で胸が苦しくなる。彼が靡(なび)いたりしないってわかっていても、笑って堂々としていられるほど、強くなかった」

彼と結婚していた期間は半年間。本当に幸せで夢のような日々だった。と同時に、冬季のことを知れば知るほど、彼の隣にいることに自信が持てなくなっていった。

結婚している間、彼と一緒に出席した食事会や記念パーティーは、ささやかなものから豪勢なものまでいろいろだった。どの集まりでも、彼は綺麗な女性に話しかけられ、アプローチされていた。侑依が隣にいようと彼が指輪をしていようと、関係なく。

そうした女性たちは大抵、侑依の方を見て自信ありげに、または、どこか意地悪そうに笑うのだ。

まるで自分の方が冬季に似合っているみたいに……

彼と参加した最初のパーティーの際、侑依は思わず、『キレイな人にモテモテだった』と少し不満を口にしてしまった。その時、冬季は侑依の手を取って言ったのだ。

『妻のいる僕に、ベタベタして欲しくないと言っておいた』

そのストレートすぎる言葉に目を丸くする侑依を見て、彼はフッと笑った。

『結婚して妻を同伴して来ている僕に、こうやって近づくのはあまりいいことだとは思えませんので、離れてくださいと言っておいた。つまり、はしたない女はお断りだと伝えたら、近づいてこなくなった』

そんな彼を頼もしく、愛おしく思ったものだけれど、結局は一緒だった。

彼の周囲には、常に女性が集まってきた。彼が浮気などしないと信じていても、はたして本当にそうなのだろうか、と疑心暗鬼に囚われてしまう。

冬季を信じているのに、もやもやとした変な渦が心の中から消えてくれない。

彼が仕事で遅くなるのはいつものことだけれど、ベッドに入ってくるまで安心して眠れなくなってしまった。

大好きな人をこんなにも疑ってしまう自分は、彼に相応しくないのではないか……

そんな思いが侑依の中に芽生え始めたのは、いつの頃からだろう。

このままでは、嫉妬や不安からいらないことを言って、冬季を傷付けてしまうかもしれない。侑依は子供みたいな独占欲で、彼を縛ってしまいそうな自分が怖くなった。

優しくて、正直で、抜群の容姿をしながら少し不器用なところのある素敵な人。仕事に誠実で、世間からきちんと信頼と評価を得ている、侑依の夫。

彼は微塵（みじん）も揺らいでいないのに、侑依の心だけがどんどん揺らいでいってしまう。

いつか冬季は、そんな侑依に呆れ、愛想を尽かしてしまうのではないか。

彼の心が侑依から離れていってしまうのではないか。

気付くと侑依は、そうした恐怖と不安に押し潰されそうになっていた。

そこから逃れるために、バカなことをした。

今の状況は全て侑依の弱さが招いたこと――

「西塔さんみたいなイイ男が離婚したってわかったら、誰も放っておかないよ？」

目の前の明菜が、じっと侑依を見てくる。

「そうだね。冬季さん、左手の薬指にまだ指輪してるけど、私と離婚したって周囲はもう知ってるみたい」

『指輪を外さないのは、奥さんにまだ未練があるから。一途な西塔さんが可哀そう、私が支えて奥さんを忘れさせてあげたい、って、ここぞとばかりにアプローチしてきてるわよ。もし、本当に終わりにしたいなら、彼とはもう会わない方がいいかもしれないわ。西塔さんのファンには、プライドの高いお嬢様が多いし、何を言われるかわからないわよ』

以前、冬季の同僚である比嘉法律事務所のパラリーガル、大崎千鶴に言われた言葉だ。離婚後、たまたま彼女が坂峰製作所に法務関係の書類を持ってきてくれた時に、直接そう言われた。

自分で選んだ結果だが、彼女の言葉は鋭く侑依の胸を抉った。けれど、なんとか笑って対応した。

『……もう離婚したし。あの人に好きな人ができても、私には関係ないから』

もし本当にそうなったら、きっと悲しくてすぐには立ち直れないかもしれないけど。

『西塔さん、侑依さんとお付き合いを始めてから、印象が柔らかくなったの。だから、きっといいパートナーに巡り合えたんだな、って思ってたのよ。西塔さんのどこがいけなかったの？　会社でそういう話になった時、西塔さん、僕が悪かっただけ、って、少し表情を暗くして苦笑するの』

千鶴の言葉に、侑依は何も答えることができなかった。ただ俯いて押し黙る。

冬季は何も悪くないのに、そんなことを言わせてしまった自分に、自己嫌悪の嵐だった。

明菜は、今日何度目かのため息をつき、侑依を見る。

「まったく会わないってことはできないの？　侑依が避けるとか？　彼、侑依の新しい家知らないんでしょう？」

「引っ越し先、教えてないしね。……でも、どんなに避けても、仕事で一月に一回は必ず会うことになるから。冬季さんは坂峰製作所の法務関係一切を任されてるし」

侑依の言葉に明菜は肩を竦め、デザートの最後の一口を食べた。

そのまま彼女はコーヒーを飲んで、再び口を開く。

「仕事ならしょうがないけど、でもそれって一月に一回なんでしょう？　だったら、どうにでもなるんじゃない？　それに、侑依だったら転職だってできるでしょう。別に坂峰製作所にこだわらなくても……収入だって……」

「そうかもしれない。でも、私は坂峰製作所が好きなの。あの会社に惚れ込んで、無理やり入れてもらったんだから、そんな理由で辞めたりしない」

きっぱりと言うと、明菜は顔を伏せて小さく息を吐く。

彼女がそう言うのもしょうがないこと。明菜は、就職する時も凄く反対していたから。

一流企業の内定を蹴った時、両親、そして明菜を始めとする友人や知人、大学の教授さえ侑依に思い留まるよう説得してきた。でも、頑として自分の意見を曲げなかったから今がある。

「一度決めたことは、きちんとやり遂げたい。それに、今の仕事に誇りを持ってるの。ただでさえ私は、結婚をダメにして冬季さんと添い遂げることができなかったんだよ。これ以上、周りの人たちを裏切りたくない」

冬季と結婚した時、この人の傍に一生いるんだと思った。いつか彼の子供を産み育て、子供が自立したら、二人でゆっくり旅行に行く未来を想像していた。

それを自分でダメにして、周囲の人たちの気持ちも裏切ってしまった侑依は、今はとにかくできることをしっかりやるしかない。

「侑依が西塔さんを紹介してくれた時、イケメンの割に女を見る目があるなって感心してたの。そんな男を捕まえた侑依も、さすがって思った。でも、彼のせいで侑依が苦しんでいるのは、正直、見ていられなかった」

でも、と明菜はため息をつき、じっと侑依を見つめた。

「侑依がどれだけ西塔さんのことを好きか知ってる。どんなに言い訳したって、今も変わらず好きなんでしょ？　だから、求められたら断れないんじゃないの？」

図星を指された侑依は、キュッと唇を噛んだ。

「……違うよ」

そう言って侑依は明菜から目を逸らす。彼女は呆れた顔をして、コーヒーを飲み干した。音を立ててカップを置いた明菜は、身を乗り出して侑依を指さす。

「好きだから、引きずられるんでしょ？　元夫婦とはいえ、お互いフリーの大人だし、極論を言えば、そういうのもアリだとは思う。でも、侑依は真面目だから、けじめをつけたいんだよね？　だったら、対応を考えなきゃ」

まったくもって、明菜の言う通りだった。

侑依は離婚したからには、けじめをつけたいと思いつつ、未だにつけられずにいる。

離婚した直後、侑依は冬季と連絡を絶っていた。

それもあってなのか、坂峰製作所に一ヶ月に一度は訪れていた彼が、離婚をした月は電話連絡だけで姿を現さなかった。

スケジュール的に、どうしても行くことができないと連絡があったけれど、侑依のせいだと感じた。

別れたのだから、会えなくなるのは当たり前だろう。けれど、そうなると心のどこかで彼に会いたい気持ちが強くなっていく。侑依はその気持ちを、抑え付けるのに必死だった。

そんな侑依の心をわかっていたとでも言うように、離婚からちょうど一ヶ月経った頃、冬季が坂峰製作所に現れた。侑依の帰宅時間を見計らって来たとしか思えないタイミングだった。

侑依は溢れ出す気持ちを強く抑え込み、無言で彼の横を通り過ぎようとした。けれど、すれ違いざま腕を掴まれる。

『家に君の忘れ物がある。今から取りに来ないか？』

掴まれた腕から伝わる彼の温もりに、これまで必死に抑え付けていた心の箍が外れてしまったのがわかった。

忘れ物を取りに行くだけと言い訳して、彼の車に乗った。そして、懐かしい部屋で忘れ物を受け取った侑依は、彼に抱きしめられ背中を撫でられた。

『君の背中が見たい。君が欲しい』

冬季は明確に侑依を欲し、押し付けられた下半身はすでに熱くなっていた。

はっきりと欲望を湛えた目を向けられ、苦しそうに侑依、と呼ぶ彼の低く掠れた声に、簡単に落ちてしまった。

拒絶することなどできなかった。

離婚して一ヶ月、彼の電話もメールも無視し続けた。自分の気持ちから目を逸らし、ずっと抑え込んできた心は、彼に名を呼ばれただけで簡単に開いてしまった。

冬季との一ヶ月ぶりのセックスは、我を忘れるほど気持ちがよくて、侑依はすぐにグズグズになり、これ以上ないくらい感じてしまった。

「ねぇ、なんで顔、赤くしてるの？」

明菜の声にハッとする。

「えっ？」

熱く濃厚だった夜を思い出し、知らず顔を赤くしていたらしい。でも、それはしょうがないことだ。あの日のことは、今も侑依の脳裏に深く焼き付いているから。

「そんなんで、大丈夫なの？」

さらに呆れた顔をする明菜に、侑依は椅子に座り直して頷く。

「大丈夫」

その言葉に、どこか心配そうな顔をする親友を見つめた。

好きな人との行為に心は満たされたけれど、あの日以来、強い後悔と背徳感が侑依の心を苛み続けている。

「仕事で会うのは仕方ないとしても、プライベートでは極力話さないようにする。どんなに求められても、もうエッチはしない」

自分に言い聞かせるように言葉にすると、明菜は首を傾げる。

「……本当にいいの？　それで」

「うん……自分で選んだ結果だし」

「侑依……」

表情を曇らせる明菜に微笑んで、侑依ははっきりと言った。

「私たち、もう離婚したんだから」

再び自分に言い聞かせながらも、頭に浮かぶのは冬季のこと。

早く頭の中から追い出したいのに、彼は一向に出て行ってくれなかった。

けれど、どんなに後悔しても、現実は変わらない。

全部、大切な人を手放してしまった自分のせいなのだから。

＊＊＊

明菜とランチを楽しんだ五日後、冬季が仕事で坂峰製作所にやってきた。

「坂峰社長、こちらが台湾の工場との契約内容です。そして、こちらが中長期的な財務の見直し案になります。といっても、坂峰製作所は黒字経営を続けていますので、このまま堅実路線を進めるのがいいと思います」

「ああ、ありがとうね、西塔さん……まぁ、黒字といってもギリギリだからね。銀行からの融資の件もあるし……今のご時世、なかなか厳しいよ」

ははは、と小さく笑いながら社長の大輔が書類を確認していく。眼鏡をかけて、じっくり読むのが大輔らしい。

その様子を見ていた侑依は、冬季と目が合った。にこりと笑う彼に、事務的な笑みを浮かべてパソコンに目を戻す。

彼の言う通り、坂峰製作所はありがたいことに黒字経営をしている。だが、年々町工場（まちこうば）が無くなっていく昨今。たとえ今は大丈夫だとしても、やはり今後についての心配は尽きない。

「こちらの会社で作っているものは、信用があります。なので、その信用を売りにすることを考えました。当然、品質を落とさないことが条件となりますが……」

冬季が大輔に話す内容を聞いているだけでも、さすがだなと思うことばかりだった。

本来、財務については会計士や監査法人などが担当するイメージがある。弁護士である彼の仕事の範疇を超えている気がするのだが、本当にいいのだろうかと思ってしまう。

「こちらでしたら、状況に合わせて調整がききますし、銀行にも通りやすいと思います。とはいえ、これはあくまで一案になりますので、判断は社長にお任せいたします」

「いやあ、本当に助かります。ここまでしてもらって、足を向けて寝られませんよ。西塔さんが、こんなに凄い弁護士先生だって知らないで仕事を頼んじゃったのに、こうして毎回、真摯に対応してくださって感謝してます。……これも、侑依ちゃんがいてくれるおかげかな？」

ほんの少し茶化すような大輔の言葉に対し、侑依はキーボードを打つ手を止めて顔を上げた。

「社長、それは違いますよ。西塔さんは、誰にだって同じことをするはずですから」

冬季は侑依の言葉に苦笑して、頷いた。

「そうですね。米田さんの言う通りです。ただ、財務について相談を受ける機会はほとんどないので、こちらも勉強させてもらってます」

そう言って頭を下げる冬季に、居住まいを正した大輔が頭を下げた。

「……西塔さんには、本当に感謝しています。あなたの尽力に応えられるように、ウチもますます頑張らないといけないなぁ」

顔を上げた大輔に向かって、冬季は笑顔で首を振る。

「比嘉法律事務所も、小さな事務所です。私どもも、クライアントの期待を裏切らないことを心がけて仕事をしています。こちらこそ、これからもよろしくお願いいたします」

そうして深く頭を下げた冬季は、依頼を受けた時から態度が変わらない。

クライアントと真摯に向き合い、謙虚な姿勢で、確実な仕事をする。しかも、期待を裏切らないという言葉の通り、彼はしっかりと結果を出し相手の信頼を勝ち得ていた。

それは、どんな相手に対しても同様である。

「それでは、次の約束がありますので、そろそろ失礼させていただきます」

彼はチラッと会社の時計を見て立ち上がった。

相変わらず、忙しい日々を送っているのだろう。

長くいたように感じたが、実際はまだ三十分程度しか経っていなかった。いつもは飲んでいくお茶にも、口を付けていない。

「侑依ちゃん、西塔さんをお見送りして」

大輔は満面の笑みを浮かべてそう言った。どうやら社長は、おせっかいを焼こうとしているらしい。侑依は冬季と視線を合わせず、席から立ち上がる。

大輔は息子の優大から、自分たちのことについて聞いているのかもしれない。たびたび復縁したらいいのに、と勧めてくる。

余計なお世話だと思う気持ちを、ぐっと堪えた。

「それでは坂峰社長、本日はこれで失礼します。また何かあれば、ご連絡ください。来月も、よろしくお願いします」

冬季は丁寧に頭を下げる。そして顔を上げると、侑依の方を見た。

侑依は内心ため息をつきながら、彼のもとへ歩いて行く。狭い事務所だから、ほんの数歩の距離だ。坂峰製作所の事務所は、社長室と応接室、そして事務室を兼ねたワンフロアである。

その中で応接用のソファーセットのある一角のみ、ガラスのパーティションで仕切られていた。

侑依は、事務所のドアを開けて出て行く冬季の後を黙ってついて行く。

彼の車の近くまで行くと、彼が振り向いた。

「見送り、ありがとう」

にこりと笑うその表情に、心臓が跳ね上がる。

彼の笑顔は、いつだって侑依の心臓をドキドキさせた。でも今は、あまり見たくないので、顔を横に向ける。

「さっきの、さすが侑依は僕のことをよくわかっているね」

「……だって、私がいてもいなくても、冬季さんはきちんと仕事をするじゃない。さすがでもなんでもないわ」

冬季は少しだけ声を出して笑って、それから頭を撫でてくる。

「君だけだよ、そんなことを言うのは」

思わず顔を上げてしまい、侑依の心臓はさらに跳ね上がることになった。

「やっぱり、君はいいよ、侑依」

初めて会った時から言われている台詞（セリフ）。

彼は侑依の頭から手を離し、腕時計を見た。彼の腕時計は、嫌みがないシンプルなデザイン。一緒に住んでいた時、自動巻きの珍しさから、腕につけては本体を振ったりして、彼に遊んでいるみたいだと笑われたことがあった。

もうそんなことをする機会はないとわかっているけど、彼の身に着けているものを間近で見ていたから、ついいろいろと思い出してしまうのだ。

「早く帰ったら？」

わざと可愛くない言い方をする。

彼は何も言わず、運転席に乗り込んだ。そしてドアを閉める直前、今、思い出したかのように微笑みかけてきた。

「今日は仕事が早く終わりそうなんだ。どこか食事に行こう。迎えに来る」

「えっ!?」

侑依の返事を待たずにドアを閉めようとするので、咄嗟（とっさ）にそれを両手で掴（つか）んだ。

「何するんだ、危ないだろ」

咎（とが）める風に言われたが、構わず侑依は思い切り首を横に振った。

「来ないで。行かないから」

「どうして？」

どうしてって、と言葉に詰まる侑依に、彼は口元だけに笑みを浮かべ言葉を並べる。

「この前、言ったこと忘れた？　何も言わず何も請求せず離婚に応じてあげた僕に、会うくらいしてくれてもいいんじゃないか？」

「だからこうやって会ってるじゃない。それでいいでしょう？」

「僕が言っているのはプライベートだ。仕事で会うのは違う。ドアから手を離して、侑依。次の約束に遅れる」

冬季の仕事は面談が多い。一日に、いくつかの会社を訪問することもある。約束の時刻に遅れては、彼の信用にかかわるから、侑依は渋々手を離した。

車のドアが閉められると同時に、運転席の窓が開く。

「じゃあ、仕事が終わる頃に迎えに来る。……好きだよ、侑依」

こんなイケメンに、好きだよと言われてドキドキしないわけがない。

彼は言うだけ言って、すぐに行ってしまった。

車が完全に見えなくなるまでその場に立ち尽くしていた侑依は、下唇を噛んでその場にうずくまる。

「もう、好きだなんて言わないでよ……」

ちゃんと決意したのに、また気持ちが引きずられてしまう。また会ってもいいかも、と思ってしまうから。

ああ言った以上、彼は絶対、侑依の仕事が終わる頃に迎えに来るのだろう。

「……ほんとに、たちが悪い」

侑依の口から重いため息が零れた。

とはいえ、いつまでもここで座り込んでいるわけにはいかない。侑依は立ち上がって事務所に戻った。そうすると、社長の大輔が笑顔で迎えてくれる。

「なんですか？」

「相変わらず、ラブラブだね」

「……悪趣味ですよ、社長」

侑依は大輔から顔を背けて、自分の席に座る。そして、パソコン画面を開くけれど、なかなか内容が頭に入ってこない。

大輔が明るい笑みを浮かべながら、侑依のデスクの上に冬季の置いていった書類を置いた。

「これ、パッと見ただけでもわかりやすくて良くできているよ。こんな小さな会社にまで親身になってくれて、ありがたいことだ。彼も忙しいだろうに、こうして一月に一回は、会社に来てくれて何かないか聞いてくれる。彼には本当に頭が下がるよ」

まるで言い聞かせるような言葉に、侑依は俯いた。

ちゃんとわかっている。

冬季が、侑依の大切にしているこの会社を守るために心を砕いてくれていることを。

「君はいい子だし、仕事に対しても熱心だ。でも、ちょっと意固地なところがあるな。……以前の西塔侑依って名前、君によく似合っていたよ。今日は仕事が終わったら早く上がりなさいね」

大輔に肩をポンッと軽く叩かれて、侑依はただ小さく頷いた。

それに満足したのか、大輔は工場を見てくると言って事務所を出て行く。

きっと大輔は侑依が冬季と会う約束をしたと思っているのだろう。一方的な約束だったが、それは当たらずとも遠からずで……

いつもこの繰り返しだ。別れて数ヶ月のうちに、いったい何度彼と会っただろう。

別れて欲しいと涙ながらに訴え、無理矢理、離婚届にサインしてもらった。

のかもしれない。

ていくつもりなのだろうか。

『侑依、じゃあ、また』

じゃあまたって、なんだと思っていたが、今ならその意味がわかる。

もしかしたら冬季は、夫婦という形でなくても侑依との関係を続けようと考えているのかもしれない。

復縁を迫るわけでもなく、彼はこの先もずっと、こんな風に恋人みたいな関係を続けていくつもりなのだろうか。

「……もう、会わないって決めたのに……」

侑依は肩を落としながらも、自分の心臓が高鳴っていることに気付く。

いつだってそう。

彼を前にすると、どんなに拒否しようとしても、結局は応じてしまう。

冬季は常に侑依の心を高揚させ、彼を好きだという気持ちを思い起こさせる。

ただ顔を見るだけでもドキドキするというのに。

『好きだよ、侑依』

何度も頭の中で繰り返される言葉に、侑依は両手で耳を塞いだ。

「もう、離婚してるんだってば……」

口ではそう言いながらも、心がそれを裏切ってしまう。

侑依は音を立てて額をデスクに、ゴン、と押し当てる。

意地を張るなという彼の言葉が、今にも聞こえてきそうだった。

4

その日の終業後。

侑依の仕事はとっくに終わっていたけれど、外に出て行きたくなかった。会社の外には、きっと冬季の車が停まっている。彼は侑依の仕事が終わる時間をきちんと把握しているからだ。

いつも侑依は、仕事が終了する五時半より一時間ほど遅く退社する。

それは自分の仕事に取り零しがないかをチェックするための時間。勤め始めた当初、納期の日付を間違えたことがあり、従業員に多大なる迷惑をかけたことがあった。それ以降、侑依は自分の仕事にミスはなかったか、最後にきちんと見てから退社するようになったのだ。

「そんなに会いたくないなら、裏口から出て行けばいいだろ」

いつの間に事務所に入ってきたのか、優大が面倒そうに声をかけてきた。きっと侑依がいつまでたっても席に座っているから見かねたのかもしれない。

作業服の上を脱いで腰に巻き付けている彼は、大きなため息をついて腕を組んだ。

「本当に何やってるんだかな、お前は。こんなところでグズグズしてると、中まで迎えに来るぞ？　西塔は顔パスだからな」

優大とは、過去にいろいろあって、お互い気心が知れている。というのも、侑依がここに就職した時、採用に反対していた彼とはぶつかり合ってばかりいたのだ。

もっとも、今はいい友達、いい同僚という関係になっているのだけど。

「本心は、会いたくないってわけじゃないんだろ？」

フッと笑った優大に、侑依は首を横に振った。

「そんなわけない。会わない方がお互いのためだって思ってる。ねえ優大、外に行って冬季さんをちょっとだけ引き留めておいてくれないかな」

「なんで俺が？　大体、俺、あいつに若干嫌われてるっぽいしな。お前と仲がいいから」

最後の部分を強調してくるところに、なんとなく恨みが込められている気がした。

だが冬季と優大は、特別仲がいいわけではないが、仲が悪いというほどでもない。確か、仕事で一緒に飲みに行っていたこともあったはずだ。

けれど以前、侑依は冬季から優大と仲良くしすぎだ、と面と向かって注意されたことがあった。

「あんな風に嫉妬して大事にしてくれる旦那は、なかなかいないと思うけどな、俺は」

「もう、旦那じゃないし。じゃあ、自分はどうなのよ。嫉妬しないってわけ？　奥さんのこと、大事にしてないの？」

　ムッとして言い返した侑依に、優大はため息をついて呆れた顔をした。

「してるに決まってるだろ。新婚だぞ。ただ、なんつーか、西塔は最初からお前のことを好きすぎてる感じがした。お前の何がそんなにいいのか知らないけど、あいつの周りにいないタイプで新鮮だったのかもな？　俺には、ただの意地っ張りで負けず嫌いな、ガサツ女にしか見えないけど」

「それって言いすぎ。私だって、結婚してる時はちゃんといろいろやってました。ガサツ女じゃないし」

　唇を尖（とが）らせて言うと、優大が、ハハッ、と笑った。

「大好きな冬季さんにいいところ見せたい、って猫かぶってたんだろ？　酔っぱらって愚痴（ぐち）を零（こぼ）してたのは、どこのどいつだったかな」

　侑依は目を見開き、優大の肩をグーで叩いた。

「猫なんてかぶってない！」

「痛（い）って！　出たよ、ガサツ女」

「なによ……どうせ私は、ガサツですよ……」

　冬季の周りにいる素敵な女性たちに比べたら、侑依は普通の家庭で育った、ごく普通の女だ。

誰に比べられるまでもなく、自分が一番それを気にしていた。

優れた容姿を持ち、地位や肩書きもある彼女たちにとって、どんなに侑依が家事を頑張っても、どれだけ誇りを持って仕事をしていても、彼に相応しい相手とは見てもらえない。

「……ごめん、言いすぎた」

侑依が泣きそうな顔をしたからだろう。優大が気まずそうに視線を逸らした。

「ううん……優大にそんなことを言わせてるのは私だし。ごめんね、優大」

全ては、侑依が離婚した後もだらしなく冬季と会っているのがいけないのだ。

「……もう一度、西塔と付き合えよ」

侑依が力なく首を振ったところで、事務所のドアが開く音がした。

「侑依」

低くて男らしい声に名を呼ばれる。振り向くと、入り口に立つ冬季が柔らかく微笑んだ。

「仕事は終わった?」

答えられずにいる侑依の横で、優大がハァッと大きなため息をついた。

「ああ、終わってる。これからどっか行くんだろ？　早く行けよ、侑依」

そう言って優大は、椅子から立ち上がらせた侑依の背中を強く押した。

「ちょっと、優大……！」

「西塔も早く連れて行け。楽しんで来いよ」

その言葉に、冬季は口元に笑みを浮かべる。

「言われなくても」

侑依は冬季に手を引かれて事務所を出た。

本当に、私はどうしたいんだろう――

自己嫌悪に苛まれながら、侑依は彼に手を引かれるまま歩を進めるのだった。

＊　＊　＊

車に乗せられて連れて行かれたのは、美味しいと評判の焼肉店だった。

彼と行く店は、大抵フレンチかイタリアン、もしくはオシャレでテーブルマナーが必要な気取った店が多いから内心驚いていた。

目の前でシャツの袖を捲った冬季がカルビを焼いている。

彼はネクタイを車の中で外し、ベストとスラックスという、彼にしてはややラフな恰好になっていた。外でこんな彼と食事をするのは二度目だ。

「どうして焼肉なの？」

「侑依、好きだろう。今日のスーツはクリーニング行きだな。煙で燻(いぶ)された匂いはなかなか取れないから」

そう言いながら、冬季は焼けたカルビを侑依と自分の皿にのせた。そして新たな肉を網の上にのせる。

「かしこまった雰囲気のレストランにでも行くのかと思ってた。最近、ほとんどそうだから」

特に離婚してからは、とは言わなかった。

冬季とは、結婚していた時はよく外食に出かけた。といっても週に一回、週末だけだが。場所は、オシャレな居酒屋だったり彼の行きつけのお店だったり。

今は、侑依が冬季からの着信やメールを無視することが多いため、一緒に食事をするのは月に一回から、多くて二回程度だ。

しかし、離婚してからというもの、彼はやたらと高級な店にばかり行くようになった。そういう店には、ナイフとフォークで食べるのがちょっと難しいような料理も多い。実のところ、侑依はかしこまった店の雰囲気やマナーといったものが苦手だったりする。

「君に意地悪をしてたからね。でも、もうやめようかと思って」

「意地悪?」

「侑依、テーブルマナーがある店、苦手だろ? ちょっと大人げなかったな、と反省してね。すみませんでした」

　軽く頭を下げた彼は、焼けた肉をまた侑依の皿に置いた。

　彼の肉を焼くスピードは丁度いい。侑依が次のお肉が食べたいと思う頃に、焼けたお肉を皿に置いてくれるのだ。

「そう、だったんだ。酷いことするね」

　肉を口に運びながらそう言うと、侑依をちらりと見た冬季に「どこが」と、微笑まれた。

「君の方が僕に酷いことしただろう？　自覚がないのか」

　肉を食べた冬季がウーロン茶を飲む。

「離婚届にサインして役所に提出した日、僕はその日の仕事をふいにした。あの時は最悪だったな。君はボロボロ泣いているし、離婚したし、後日クライアントに謝りに行く羽目になったよ」

　侑依は息を呑んで、彼を見つめた。

　クライアントとの約束を破るということは、弁護士としての信用にかかわる。しかも冬季が担当しているクライアントには、大企業も含まれるのだ。改めて言われると、彼に対してなんてことをしてしまったんだと後悔の念が募る。

「ごめんなさい、本当に……でも、もうそんなことしないから」

　これ以上、彼に迷惑をかけたりしない。

そう思って口にする。冬季は何も言わず侑依の皿に焼けた肉を置き、新たな肉を網にのせた。

普通はこういうこと、女がするのではないか。けれど、侑依よりも断然、彼の方が手際がいい。そんなことを思いながら冬季の手を見ていると、彼が口を開いた。

「そんなこともあって、君の苦手な店に連れて行ってたんだけど、今日は好きなところにしようと思ってね。侑依の目が一番輝いていたのは、焼肉デートだった」

彼と焼肉店に来たのはこれで二度目。あの時は、本当に焼肉が食べたくて、躊躇いつつも冬季に提案してみたのだ。すると、あっさりとOKしてもらえたから、緊張していた分びっくりしたのを覚えている。

「なんとなく冬季さんは、こういう場所には来ないイメージがあったから」

「そこまでお上品に見えていたのか？」

「うん。冬季さんは、焼肉なんて食べなさそうに見えた」

「男は大抵、焼肉が好きだろう。僕だって普通の家で育った普通の男だ。焼肉くらい食べる」

彼の主張に、侑依はほんの少し笑みを浮かべた。と同時に、彼の口から出た家という言葉に、後ろめたさが募る。

侑依はまた、絶対に会わないという、彼の母親との約束を破ってしまった。

「普通の男って言うけど……ご両親にとって、冬季さんは自慢の息子って感じだった」

だから、冬季の連れてきた侑依があまりに普通で、彼らは拍子抜けしたに違いない。

「親はみんなそんなものだろう。……ウチの両親が君に何か言ってきたのか？」

探るような目を向けてくる冬季に、侑依はただ首を横に振る。

「両親はどこか期待しすぎるところがあるから……。僕も妹も勉強が好きだったからよかったけど、そうじゃなかったら地獄だったかも。困った人たちだよ」

冬季の五つ下の妹は、大学を卒業した後、高校の先生になったそうだ。その後、職場の同僚と結婚したらしい。彼女は侑依より年下だが、すでに子供が二人いるそうだ。

そんな彼女もまた、優秀な兄が自慢、という感じの人ではあった。

「……嘘ばっかり。冬季さんなら、どんな期待にだって応えられる。じゃなかったら、若くして大企業の顧問を務めるような弁護士になってないよ」

冬季は国立大学にストレートで合格し、大学在籍中に司法試験に受かったと聞いた。

侑依もそれなりにいい大学に行っていたが、冬季のことを知れば知るほど、彼の両親が侑依をあまり歓迎していなかった理由がわかってしまう。

そんな風に思いたくなくても、彼の隣にいて引け目を感じてしまうのだ。

冬季が表情を消して、じっと侑依の方を見てくる。

「それが別れた理由？　僕の職業のせい？」

「違うけど」

網の上の肉が焦げてきたので、侑依は箸で摘まんで自分の皿に置いた。

「じゃあ、なんでだ？　仕事が忙しすぎて、君を一人にすることが多かったから？　どんな時もずっと傍にいるという約束を守れなかった僕に呆れたのか」

プロポーズの時、冬季からどんな時もずっと傍にいて欲しいと言われて、侑依もまた同じ言葉を返した。

けれど先に約束を破ったのは侑依の方だろう。

彼はどんなに仕事が忙しくても、時間を作って侑依と過ごそうとしてくれていたと思うから。

「……その話は、勘弁して欲しい。全部、私が悪かったってわかってる。一方的に離婚を突き付けたのに、何も言わずに別れてくれたことには感謝してるの。でもやっぱり、こうやって会うのは良くないよ。世間的にも、いいこととは思えない」

冬季は表情を変えないまま俯き、網の上で焦げて硬くなった肉を端に除ける。そうして、ふう、とため息をついて侑依を見つめた。

「世間的なことなんて関係ない。君は僕に会いたくないのか」

「……会いたくない」

本心は違う。でも、冬季の輝かしい人生にバツを付けてしまった侑依は、これ以上彼に迷惑をかけることはできないのだ。

「だって私、もう冬季さんの奥さんじゃないんだよ。なのに、身体の関係だけ続けてるって……私、どれだけだらしない女なの？　こういうのは女の方が悪く言われるし、正直困る」

　何も悪くない彼にこんなことは言いたくない。

　けれど、きちんとけじめをつけなければならないのだ。

　やってしまったことに後悔は尽きないけれど、これは、侑依が自分で責任を取らなくてはいけないことだから。どんなに苦しくても、それを抱えて生きて行くしかないのだ。

「嫌だと言いながら、毎回抱かれる私をどう思った？　だらしないと思わなかった？　泣いて離婚してもらったのに、迫ったら簡単にセックスする、お手軽でだらしない女だって……」

「侑依！　そうやって自分を悪く言うのはやめなさい。わかっているだろう？　君は僕を知っている。そんなこと一度たりとも思ったことはない」

　冬季は、絞り出すような声音で侑依の言葉を遮った。無表情ながら、どこか苦しそうに見える彼に侑依は唇を噛む。

　わかっている。彼は決して、侑依をそんな目で見たりしない。

　彼は最初から、自分と対等な存在として侑依を見てくれていた。

なのに、わざと酷い言葉を言って彼を遠ざけようとした自分は、やっぱり嫌な女だと思う。

「それともなにか？　君は、やっと離婚してもらった夫に付きまとわれ、身体の関係を要求されて、困っていると言いたいのか。でも自分から離婚してと言った手前、要求を断るに断れず、やむなく関係を続けながら、毎回涙していると？」

侑依は瞬(まばた)きをした後、急いで首を横に振った。

「違う、そんなつもりで言ってないよ」

「君に関係を要求しているのは僕の方だ。君から誘ったことは一度もない。いつだって、君が欲しくて我慢できないのは、僕の方だから」

冬季は辛そうに眉を寄せ、額(ひたい)を撫でながら頭を抱える。

「好きだから、別れてやった。君が毎日あまりにも泣くからだ。理由を聞いても頑(がん)として言わず、ただお願いとだけ言う。日に日に憔悴(しょうすい)していく君を見ていられなかった」

冬季はそう言って顔を上げると、侑依とまっすぐ視線を合わせてくる。

「仕事のせいでないならどうしてだ？　身体の相性は良かったし、君も僕を好きだった。なのにどうして、君の表情は暗くなっていった？　僕は結婚したら、ずっと君の笑顔を見ていられると思っていたのに」

彼の表情はそこまで動いていないけれど、凄く痛そうだと思った。

冬季はストレートな物言いをするから誤解されることがあるけど、本当は凄く思いやりのある優しい人だ。そんな人を、こんなにも苦しめてしまっていることに罪悪感が湧く。

だからつい、本音が漏（も）れてしまった。

「ずっと一緒にいたかったよ。私も、冬季さんの笑顔を見ていたかった」

「じゃあ、なぜだ？」

彼はそう言って眉を寄せた。どこか苛立った様子の冬季は、声を低くして怒っているような目をする。

「……ごめん、許して」

口をつぐんで首を振る侑依に、冬季は大きなため息をつき視線を逸（そ）らした。

「君は酷い女だ。でも、愛してるから仕方ない」

冬季は侑依を愛していると、いつも言葉で伝えてくる。

離婚する前は侑依も同じように言葉を返していたけれど、今はもうそれを口にすることはできない。

「愛してるから君を抱くし、結婚指輪も外さないでいる」

彼は、侑依の前に手を差し出してきた。

「今日も君を抱きたい。ＯＫなら、僕の手を取れ」

もちろん取れるわけがない。

けじめをつけないといけないと、あんなに自分に言い聞かせてきたのだから。

なのに、そんな思いとは裏腹に、心臓の鼓動が高鳴っていく。

この手を取れば、たとえひと時でも彼の愛を一身に受けることができるのだ。

彼がくれる甘美な熱を思い出し、侑依の身体が熱を持ち始める。

何度も呼吸を繰り返すけれど、息苦しくて堪らない。

心の中で葛藤しながら、侑依はテーブルの上に置いた手を動かさなかった。

そんな侑依の手を、腕を伸ばした冬季が掴んでくる。

「明日は休みだ。君も休みだろう？　今日はホテルを取っている。もう食べないなら移動しよう」

彼の言葉に、侑依は言葉もなく俯いた。

やっぱり自分は酷い女だと思う。

けじめだなんだと言いながら、いつも心は矛盾でいっぱい。

自分から彼の手を離しておいて、変わらず伸ばされる手に安心している。

そんな、狡くてだらしない自分が嫌で仕方なかった。

冬季が侑依の手を離して立ち上がる。彼に促されるまま、侑依もゆっくりと立ち上がった。

靴を履き、会計を済ませる冬季の背中を見つめる。

あの背中に指を這(は)わせることができると思うと、自然と身体が火照(ほて)ってくる気がした。

ダメだと思うのに、好きな人から求められる喜びを感じて、罪悪感を抱(いだ)く侑依だった。

5

やっぱり行かない、と言えば、きっと彼は車から降ろしてくれるだろう。

まだ電車は動いているし、今いる場所から駅に向かうのは簡単だ。

けれど侑依の口から、その言葉が出てくることはなかった。

冬季に続いてホテルのロビーに入り、フロントで手続きをする彼の後ろ姿を見ている。

帰ろうと思えばできるのに、侑依はただボーッと彼を見つめていた。

手続きを終えてこちらへ歩いてくる冬季は、周囲の人たちの視線を一身に集めている。

女性ばかりではなく、男性も彼を見ていた。

スラッと背が高く、芸能人並みに整った容姿をした冬季は、姿勢の良さも相まってとても洗練されている。

それに対して、侑依は仕事帰りの普通の恰好だ。特別オシャレもしていないから、冬季と手を繋(つな)いで歩くのが恥ずかしい。

それでも、繋がれた手を解かないのは、彼の手に包まれる感じが好きだから。侑依は初めて彼と手を繋いだ時から、この温かくて大きな手に包まれるのが好きだった。

エレベーターがくるのを待ちながら、侑依は彼を見上げる。

「冬季さんは……どうして私なの？　私、嫌われるようなことしかしていないのに」

彼は上を向いて、小さくため息をついた。

「顔が好き、身体が好き。どんなに意地を張っていても、僕を好きだと言っている風にしか見えないところがいい」

「顔と身体も？　変な人だなぁ、冬季さん。世の中には私より美人でスタイルのいい人なんて、たくさんいるのに」

侑依は特別美人ではない。よく言えば、愛嬌のある顔に属するだろうと思う。目はそれなりに大きいが、冬季ほど綺麗でもくっきりもしていないし、鼻はちょっと丸くて低い。ただ、唇は大きめでチャームポイントかもしれない。笑うと満面の、という感じになる。

「こんな意地っ張りの狡い女じゃなくても、もっと優しくて素直な人がいるでしょう？　冬季さんだったら選り取り見取りだろうし、いつだって誰かを選べるのに」

「いつだって、というほどじゃないだろう。それに、選り取り見取りは言いすぎだ」

エレベーターがきて、冬季は侑依の背を軽く押した。そのまま腰を抱き、視線を下に向けて侑依を見つめてくる。

「僕は君がいいと初めて会った時から言っている。あのパーティーで初めて目が合った君は、いきなりワインを一気飲みした。見ていた僕もつられて同じことをして、なぜか笑ってしまった。侑依は僕を自然に笑わせてくれる。あの日からずっと、僕は君に恋してる」

そう言って、冬季は優しい笑みを浮かべる。彼は離婚した後も、こうして以前と変わらない表情で侑依を見つめてきた。

そんな笑顔を向けてもらえる資格などもうないのに。

そして、それを嬉しく感じてしまう自分に罪悪感が募（つの）る。

「こんなに女を口説（くど）いたことはない。僕には侑依しかいないのに、君はすぐ離れていこうとする。いつも君が僕に言うように、もし……君に誰か好きな人ができて、僕以外に抱かれるのかと思ったら耐えられない」

エレベーターが目的の階に着き、冬季は侑依の腰から手を離した。

そのまま少し先を歩いて行く背中を見ながら、侑依は唇を噛む。

侑依だって同じだ。

冬季が侑依以外の女の人を抱くなんて耐えられない。

だけど、侑依がこのままの態度を取り続けていたら、いつかそうなるかもしれないのだ。

彼がカードキーで部屋のドアを開け、中に入る。

それに続いて侑依も部屋の中へ入った。思ったよりも広い部屋で、大きなベッドからダブルルームだとわかる。

ブリーフケースを床に置いた冬季が、スーツのジャケットを脱いでソファーの上に置いた。背中の形が少し露わになってドキドキする。

冬季は服の上からは想像できないほど、しっかりと鍛えられた身体をしていた。普段着ている細身のスーツから、痩せた印象を持たれがちだが、程よく筋肉の付いたモデル体型をしている。

侑依は彼の背中を見るのが好きだった。まっすぐで、姿勢が良くて、彼の性格がよく表れている。

侑依はそっと手を伸ばして、彼の肩甲骨の下、ちょうど背中の中心辺りに触れた。そして、そのままそこに頬を寄せる。

ダメだと思っているのに、こういうことをするのは本当に狡い。

今だって、離婚しているんだからダメだという気持ちがあるのに、彼を前にすると否応なしに気持ちが揺らぐ。

侑依だって冬季が大好きだ。愛してるし、ずっと一緒にいたいと思っている。

後悔しかない今の状況に、自分がどうしたらいいのかわからなくなっていた。

会うたびに、身体を重ねるたびに、ただ好きだという気持ちだけが浮き彫りになっていく。

「侑依、シャワーを浴びるなら先に」

「……冬季さんが先でいいよ」

「君が先に。僕は待ってるから」

「私が、待ってる」

ため息とともに彼の背中が大きく動く。彼の心臓の音が少し大きくなった気がした。

冬季が振り向き、侑依は彼の背に寄せていた頬を離して見上げた。

「君はこんなにも僕のことが好きなのに、どうして離婚を突き付けた？」

侑依はその問いに俯き、ただ首を振る。

そうすると冬季は侑依の腕を掴み自分の方へと引き寄せた。

「こんなに上手くいかないなんてね。でも、君を愛してるから、しょうがない」

そうして目を閉じて笑った彼は、侑依の額に自分の額を押し付けてくる。

「君が本当の気持ちを言うまで、僕はあと何回君を抱けばいい？」

彼は侑依のスカートからブラウスを引き出した。そのままボタンを外して、侑依の肩を剥き出しにする。

彼の言葉に少しだけ鼻の奥がツンとした。

侑依は彼の背に手を回し、ぎゅっと抱きしめる。

「するんだったら、ゴム、して」

本当の気持ちが口から溢れてきそうで、わざと可愛くないことを言った。

「言われなくても。どんなに君が欲しくて堪らなくても、それくらいの理性はある」

侑依から手を離し、冬季はブリーフケースからコンドームの箱を取り出した。無造作にそれをベッドの上に放る。

「早く君の中に入りたい」

冬季は侑依の髪の中に長い指を入れる。いつもと同じ触れ方にドキドキする。

「二週間ぶりだ。君の中は狭くなってるだろうな」

微笑む彼は、そのまま顔を近づけた。

唇が重なる瞬間、侑依は彼の胸のあたりに置いた手を、キュッと握りしめる。

侑依にとっても二週間ぶりの冬季とのキス。

「ん……っふ」

すぐに唇の隙間から入ってきた冬季の舌が、侑依の舌に絡まる。強く吸われ、息を詰めて彼のシャツを掴んだ。その間も、彼の大きな手が侑依の胸を揉み上げてくる。

「あ……っ」

侑依の背中を撫でていたもう片方の手が少しずつ下へ移動し、服の上から臀部に触れる。ゆっくりと丸く撫でた後、軽く掴んできた。

「んんっ」

彼の愛撫に感じて声が漏れる。けれど、唇は変わらず彼に囚われたままだ。堪えきれず、絡まる舌から逃れると、たくし上げられたスカートの中に手が入ってきた。その手は、後ろから侑依の秘めた部分に触れてくる。

「あ……冬季さん、ダメ……っや」

「何がどう駄目なんだ？」

そう言いながら、彼の指がショーツの上から敏感な部分を何度も行き来する。さらに、服の上から乳房の先端を摘まれた。

「冬季さ……っん」

堪らず冬季の名を呼ぶ。彼が侑依の耳元で笑った気配がした。

「感じてるな、侑依」

ショーツの上から、さらに身体の隙間を探られる。脚に力が入らず、侑依は彼の肩に額を押し付け小さく首を横に振った。

「もう、ダメ……立って、られな……っあ！」

布越しに少し強く隙間を押されて、膝から崩れ落ちそうになる。

その瞬間、顎を持ち上げられ食むようなキスをされた。すぐに唇を離した彼は、侑依をまっすぐに見つめてくる。

「セックス、したくなっただろう？　侑依」

咄嗟に答えられずにいる侑依の隙間を、彼の指が再び刺激してきた。

「や……冬季さ、ん……っ」

「僕が欲しいか？」

その言葉に、侑依は無意識に熱い息を吐き出した。自分の目が潤んでいるのがわかる。

冬季から触れられるだけで、すでに欲しくなっている侑依がいた。

でも言葉では伝えられない。だから彼の頬に指を這わせ自ら唇を重ねると、音を立てて唇を吸った。

「ちゃんと言葉で、侑依」

冬季は侑依の服の上から胸の先端を摘まみながら、ショーツのクロッチをずらして指を入れてくる。敏感な突起に直接触れられ、軽く爪を立てられた。

「あっ！　……ふ、冬季さんが、欲しい……っ」

観念して、言えなかった言葉を口にする。

心から冬季が欲しいと思った。心も身体も、ただ彼だけを求めている。

侑依の返事に微笑んだ彼は、噛みつくようなキスをしながら侑依を抱き上げた。

これからする彼との行為に、侑依は自然と胸を膨らませる。

彼と繋がることへの罪悪感は、もうほとんど残っていなかった。

＊＊＊

何度もキスを繰り返しつつベッドに横たえられ、手早くブラウスを脱がされる。ブラジャーのホックを外され、胸が露わになるのはすぐだった。

「あ……」

彼とセックスをするたびに、心と身体の反応は別だと実感する。

いや、心と身体が繋がっているから、今こうして侑依は彼に組み敷かれているのだろう。

心の奥底では、こうして冬季に抱かれることを期待していたのだ。

離婚しても、冬季は変わらず侑依しか欲しくないのだと確かめたかったのかもしれない。

なんて悪い女だ、と侑依は自分の狡さに呆れる。それと同時に、スカートを脱がされショーツの上から秘めた部分を攻めてくる彼の指に、恍惚と腰を揺らした。

「冬季……さ……っ」

名を呼ぶと彼の唇が侑依の乳房に触れ、その先端を口に含んだ。熱い口腔で、転がすように先端を舌で愛撫される。そこはすでにピンと硬く反応しきっていた。

「んん……っ」

「もっと声を出していい」

大きな手が胸を揉み上げる。指で先端を摘まれたかと思うと、すぐにまた口に含まれた。胸を揉んでいた手が脇腹を撫で、侑依の身体のラインをゆっくりと執拗に撫でてくる。

脚の間から手を離し、両手で胸を揉まれる。

侑依の胸はそれなりにボリュームがあり、形もまぁ悪くないと思う。

「いいな、ずっと撫でていたくなる」

肌の色は白い方だろう。けれど、ずっと撫でていたくなるなんて、冬季以外に言われたことない。

「冬季さん、だけだよ、そんなこと言うの」

彼の愛撫に声が出そうになり、侑依はぐっと奥歯を噛みしめた。

「他の誰かに言わせる気はない。君の身体は僕だけが知っていればいい」

独占欲を感じさせる台詞に、自然と顔が火照る。

だが侑依は、冬季の前に一人だけ別の男性と経験があった。首筋に彼の唇を感じながら、ぼんやりとそれを思い出す。

「ああ、そうか、僕の前に一人いるんだったな」

唇の端にキスをして、冬季が笑みを浮かべる。今まさに思っていたことを口に出されてドキッとした。

侑依が初めて男性と付き合ったのは十九歳の時だった。

大学時代に付き合っていた人で、キスもセックスもその人が初めてだった。けれど、彼とのセックスはあまり良くなかったのだ。

初めてはとにかく痛かった。次からはそうでもなくなったにしても、気持ちいいと感じることはなく、ただ身体に触られているという感じで生理的に受け付けなかった。

彼のことは好きだったし、付き合いもそれなりに楽しかったけれど、身体に触られたくない気持ちが勝り侑依から別れを切り出した。

「君は、前の男としたことをあまり覚えていないと言った」

「……うん。冬季さんとするのがいいから、前のことは、そんなに覚えてない、って……」

まったく覚えていないわけではないけど、冬季にはそう言った。

彼はもう一度小さなキスをして、胸を揉みながら乳房にもキスをし、少し強く吸った。

微かにピリッとしたから、痕が残るかもしれない。

「……侑依は、僕をその気にさせるのが上手い」

「そんなこと……」

首を振ると、彼は再度侑依の脚の付け根部分に手を伸ばし、ショーツの上から秘めた部分に触れてくる。さっきはクロッチ部分から指を入れて来たのに、今はもどかしく布地の上から触れるだけだ。

真ん中の敏感な部分を何度も指で撫でられて、布地がしっとりと熱を帯び内側から濡れてきた。

「あ……っん」

「そんなことあるだろう？　君は最初から僕を惹き付けた。君は美人ではないというけど、可愛い顔をしているし、ふとした表情に美しさがある」

指が少しだけ強く侑依の隙間を押した。布越しだから指が入るわけではないけれど、まるで入ってきたかのような感覚が下腹部を疼かせる。

「かなり濡れてるな、侑依」

「それは、冬季さんが……っ」

もう一度、彼が侑依の隙間を押すと、ショーツの奥から湿った水音が聞こえた。思った以上にショーツが濡れているのがわかり、羞恥とともに小さく声を出してしまう。

「ん……っふ」

もう片方の手で胸を揉み上げ、硬くなった先端を指で摘まむ。もう一方の乳首を彼の舌が舐め上げてきた。

「侑依は焦らすのが上手だ。離婚してからは特に、僕が我慢できなくて誘うばかり。たまには君から誘って欲しいと思うけど、意地を張るのも上手だからな」

何度も布越しに隙間を押されて、侑依のソコはさらに潤いを増してしまう。

「冬季、さん」

強請るように名を呼ぶと、ショーツのクロッチ部分をずらし、ようやく彼の指が秘めた部分に触れた。そうかと思うと、すぐに離れてショーツの上から触れたり、再びクロッチの中に入ってきたりと愛撫を繰り返す。

そんな風にされると、侑依は堪らない。もっときちんと触れて欲しいと思ってしまう。

濡れているソコは、上下に撫でられるたびにどんどん水音が大きくなっていった。

疼いて仕方がない場所に、早く彼の長い指が欲しい。

もっと感じさせて欲しい、と心から思った。

「指、入れて欲しい？」

フッと笑ったその顔が色っぽくて、心臓が跳ね上がる。

彼は侑依から手を離し、まだ脱いでいなかったベストを脱ぐ。シャツのボタンをひとつずつ外すのを見ていると、さらに侑依の秘めた部分がキュッと疼くような気がした。

侑依は膝をすり合わせたい衝動に駆られる。けれど彼が侑依の脚の間にいるせいで、ただ熱い息を吐くばかりだ。

「冬季さん、……触れて、私に」

手を伸ばすけれど彼には届かない。かろうじて、指先が彼のスラックスのベルトに届いた。

「どこに触る？」

彼は意識的に侑依を焦らしていると思う。眉を寄せて彼を睨むと、ベルトに手をかけスラックスのボタンを外すところだった。

シャツを着たままスラックスの前をはだけさせた姿は、官能を誘う。

彼に軽く腰を揺すられただけで、侑依は小さな喘ぎ声を上げてしまった。

「君はそうやって良さそうなのに、口ではいつも離婚しているからと言う。本当は僕と別れたくなかったんだろう？」

小さく首を横に振った。すると彼は、クッと笑って侑依の足からショーツを取り去る。そうして大きく脚を開かせると、潤んだ隙間に指を入れてきた。

「……っあ！」

「指だけでもこんなに締め付けてくるのに、どうしてそう意地を張るのか」

すぐに中の指が増やされて、侑依の中を何度も出入りする。今まで以上に濡れた音が耳に響き、自然と腰が揺れた。

潤んだ視界で彼を見ると、下半身はすでに張り詰めている。

目を細めて見つめてくる冬季の視線から、すぐにでも侑依の中に入りたいと思っているのがわかる。

「冬季さ……っあ、もう……っ」

そんな彼を見るだけで、侑依の身体も堪らなく疼いてしまう。

いつだってドキドキして、彼への恋心を自覚するのだ。

誰よりも好きな人から愛撫されているのだから、侑依がこうなってしまうのは仕方がない。

彼が好きだ。こうして抱き合うことができて本当は嬉しい。

どうしよう……

侑依は彼に酷いことしかしていないのに。胸の奥に閉じ込めた気持ちが溢れそうになっている。

その間にも、彼は侑依の中に指を激しく出し入れさせていた。濡れた音を立て、二本の指が的確に侑依のイイところを押し上げていく。

「はっ……あ！」

そうしたかと思ったら最奥をグッと押された。そのまま内側で指を軽く曲げられ、さらなる快感に追い上げられる。

「どうして欲しいんだ？　侑依」

低く掠れた声に問われた。もう冬季だって限界のはずなのに、侑依に言葉で言わせようとする。

彼の下半身を見ると、そこは先ほどよりもさらに張り詰めていた。

「侑依？」

彼が耳元で名を呼んだ。彼の指は今も中に入っていて、侑依の最奥を刺激し続けている。

決定的なモノが欲しかった。冬季のモノで、侑依の中をいっぱいに満たして欲しい。

隙間を二本の指が愛撫し、その少し上の尖った部分を親指で押しつぶすように撫でられる。

その瞬間、びくんと腰が揺れ、もうダメだと思った。

冬季のモノを、侑依の中に埋めて欲しい。

激しく奥を突いてこれ以上ないくらい愛して欲しい——それだけを願う。

しかし、ほんの少し残った羞恥心が、侑依にそれを言わせてくれない。

「も……っはやく、して……おねが……っ」

冬季が欲しい。

彼の全てが欲しい。

今だけでいいから、彼は侑依のものだと思わせて欲しい。

結婚している時から感じる不安。

彼は心も身体も侑依だけだと言ってくれるけれど、侑依はどうしてもそうだとは思えなかった。

「君には負けるな。……お願いって言葉、ほんと困る」

冬季が箱の中から取り出したコンドームを手にする。侑依の中から指を引き抜き、パッケージを手早く破って、下着とともにスラックスをずらす。

彼のは大きくて、入って来ると侑依の中はいっぱいになる。

その感覚を想像するだけで、侑依は自分の身体がキュッと締まるのを感じた。

自分のモノに手を添え、彼は侑依の中に先端を押し込んだ。しかし、入ったかと思うと、すぐに引き抜かれてしまう。

「ぁ……」

侑依が小さく喘いだ直後、彼は一気に奥まで自分自身を押し入れた。

全てが入った時、腰が勝手に揺れてしまう。

待ち望んだ冬季はやはり大きくて、侑依の中の足りない部分をすっかり埋め尽くしてくれたように感じた。

「やっぱり君はいいよ……狭くて、気持ちがいい」

ため息まじりにそう言って、彼が微笑む。

手を伸ばし、彼の腕をシャツ越しに掴んだ。彼は侑依の横に手をつき、覆いかぶさってくる。

それと同時に、冬季は侑依の身体を揺さぶり始めた。

最初はいつもゆっくり、侑依の身体の反応を確かめるみたいに動く。でも侑依は、いつもその動きだけで反応してしまい、ぐっと中の潤いが増すのだ。

冬季の身体を、自分の中で愛するために、身体が変わっていく。

「そんなに、締め付けるな。君も……気持ちよさそうな顔をしている」

そう言って頬を撫でてくる手に、侑依は自分の頬をすり寄せる。

溢れる感情のまま彼を引き寄せ、抱きしめた背中のシャツをキュッと掴んだ。

そうすると、冬季は侑依の身体をさらに激しく揺さぶってきた。

「あっ……ん」

声が自然と出てしまう。中に入っている彼の大きさと硬さが気持ちいい。

今この瞬間だけは、彼は侑依だけのものだと信じられる。

いつも抱かれている時はそう思うのに、どうして侑依は常に強くいられなかったんだろう。

でも、今だけは、冬季の熱も、吐息も全部、侑依だけのものだ。

彼が愛しくて堪らない。

ベッドに押し付けられ、彼の重みを感じながら揺さぶられる。

冬季のモノを歓迎するように内部が潤っていた。自ら脚を開き、知らぬうちに彼の腰を挟み込んで離すまいとしている。

抱き起こされて、胡坐をかいた彼の上に座る体位をとらされると、自分の身体の重みでより繋がりが深くなった。

「あぁっ！」

すぐに下から揺さぶられる。

部屋の中にベッドの軋む音が聞こえる。それと同時に、侑依の中を彼のモノが行き来する水音が響いた。

それに快感を煽られ、侑依の内部がキュッと締まる。

「締め付けすぎだ、侑依……っ」

「だって……っは！」

冬季が一際強く奥を突き上げ、そのまま円を描くように腰を揺らす。唇を開き声にならない声を上げながら、侑依は彼にしがみついた。

「そうやって、力を抜いていろ」

再度ベッドに押し倒されて、侑依の中を彼のモノが間断なく出入りする。徐々に息が上がり、快感が強くなってきた。

この人とのセックスはなんていいんだろう。彼と身体を重ねると、いつもそれを感じる。

別れても、抱かれるたびに気持ちが溢れそうになった。

だから、何度も自分にダメだと言い聞かせてきたのに……

「ああ、気持ちい……っ」

思わず侑依の口から言葉が零れる。冬季は抽送を繰り返しつつ、深いキスをしてきた。この状態で舌を絡めるキスをすると呼吸が苦しくなるけれど、それさえも官能のスパイスのように思える。

唇の角度を変える間に息を吸い、深く舌を絡めて互いの唇を吸う。飽きることなく、何度もキスをした。

セックスという行為は、たとえ言葉がなくても相手の気持ちを伝えてくれる。

だから今も、冬季が侑依を本当に好きだと、愛しているとわかった。

きっと彼にも、侑依が同じ気持ちだと伝わっているだろう。

「侑依、好きだ」

彼の声が耳に届き、全身に沁み渡る。

冬季の頬に自分の頬をすり寄せると、彼が間近から見つめてきた。

「そんなに可愛く、僕で蕩けているのに、本当に君は……困った人だな」

侑依はギュッと目を閉じた。自然と頬に涙が流れてしまう。

「今の君の涙は、色っぽくて困るよ」

目蓋にキスをして、頬に流れた涙を唇で拭った彼は、腰の動きを速めてきた。

時々、侑依の奥を強く突き、腰を左右に揺らしたりする。そうやって中を彼のモノで刺激されるのが堪らなかった。冬季は侑依の腰を高く抱え上げて、さらに深く奥を穿ってくる。

「ああっ……！」

声を上げるとその口を塞ぐようにキスされて、舌を絡められる。苦しいのに、もっと彼の舌が欲しくて自ら絡めてしまう。

侑依も限界を感じていたが、彼はもっと感じていたかもしれない。

何かに耐えるみたいな顔をして、一心に侑依を揺さぶり、自分のモノを出入りさせる。

中に感じる彼がさらに大きくなった気がして、侑依の疼きと快感が最高潮になった。

「ん……っあ、もう、ふゆ、きさ……っ」

冬季はさらに動きを速め、侑依の腰を強く抱えた。

「侑依……っ」

彼の熱く忙しない息遣いを聞きながら、侑依は背を反らして達した。

しかしその間も、彼の腰の動きが止まらないので、侑依は苦しいくらいの快感を得てしまう。

指の先まで届くような興奮を、彼とのセックスではいつも経験する。

こんなに気持ちいいことは、他にないだろうと思うほど。

「あっ……ん！」

「……っは！」

しばらくして動きを止めた冬季は、ぐっと侑依に体重を預けて抱きしめてきた。

その重みが気持ちよくて、身動きできないまま荒い呼吸を繰り返す。

侑依で興奮している彼を感じられるこの時間が幸せすぎる。

冬季が抱きしめていた手を緩め、侑依に小さなキスをした。抱き合ったまま横向きになり、臀部を撫でながら侑依と脚を絡めてくる。

互いにまだ息は整っていない。

彼は侑依との繋がりを解かないまま、大きな手で侑依の額に触れた。

優しく額から頬へと手を滑らせ、じっと侑依を見つめてくる。

「冬季さん……？」

冬季は、苦笑するように眉を寄せ互いの額をくっつけた。

その表情を見て、侑依の胸がぎゅっと締め付けられる。

別れて半年近く。

それでも、月に一回から二回は彼と会い、こうして抱かれてきた。

口では離婚した以上けじめをつけたいと言いながら、いつだって好きな気持ちに引きずられてしまう。彼が好きだから離れたのに、気付けば彼の腕の中にいることを喜んでいる。

侑依の中途半端な態度が、彼にこんな顔をさせているのだろう。

冬季は侑依の首筋に顔を埋め、再び強く抱きしめてきた。

「ごめんなさい……」

堪らず、侑依の口から謝罪の言葉が出る。

「君はすぐに謝る。離婚のことなら、理由を言わない限り謝罪は受け付けない」

まだ少し呼吸を乱しながら言う彼に、胸が痛んだ。

泣くなんて卑怯なのに、勝手に涙が出てくる。

「私も、ずっと冬季さんと一緒に生きていくと思ってた。そのうち新しい家族もできて、ずっと幸せで……」

「だったらなんで。君は何を考えて、何を思って僕に離婚を迫った？」

冬季は少しだけ身体を離して、侑依の涙を拭う。

「僕が仕事にかまけて、君との時間を持てなかったことには後悔しかない。あの頃、もっと君の傍にいられたら、こんな結果になっていなかったんじゃないかと思ってしまう」

「違う」

彼の言葉に、侑依は首を横に振る。

全て、彼を信じられなかった弱い侑依が悪いのだ。

「だが、それも理由にあるだろう？」

「ううん、違うの。私が悪いんです」

離婚の理由が自分にあると思っている冬季に、罪悪感が湧く。なのに、彼が侑依のことをまだこんなにも思ってくれていることを知り、歓喜に身体が震えた。

「冬季さん、……私が好き？」

思わず彼の気持ちを確かめるみたいな言葉が口から出てしまう。

「ずっと好きだと言っているだろう」

半ば怒るような声でそう言って、冬季が上半身を起こした。

「好きじゃなきゃ、結婚しない。離婚してやったのは、君への思いやりみたいなものだ。今は後悔しかない」

はぁ、と息を吐き出し、彼は侑依の中から自身を引き抜こうとした。

咄嗟にその腕を掴んで、首を横に振る。

「まだ、抜かないで」

「ゴムを取るだけだ」

直後、侑依の中から彼がいなくなる。感触を残したまま、喪失感が強くなった。

離婚してからは、いつも彼とは一度しかしない。前は一度で終わることなんてなかったから、それがなぜか凄く切なかった。

処理を終えた彼が、再び侑依を抱きしめてくれる。その温もりに、侑依の目から再び涙が溢れそうになった。目元を押さえ、ぐっと堪える。

自分のわがままで彼を傷付けた侑依が、泣いてどうするのだ。

侑依は自分の弱さが、嫌で嫌で堪らなかった。

冬季は髪をかき上げ、ため息をつく。

「侑依、教えてくれ。……離婚した本当の理由は？」

聞かれても、答えることはできなかった。

彼にしてみたら、きっと些細な理由でしかないだろうから。

けれど侑依にとっては、些細なことではなかった。冬季のことが好きだからこそ、自分の感情がコントロールできなくなって、彼から逃げてしまったのだ。

本当の理由を知ったら、彼はきっとバカな侑依に呆れ、今度こそ愛想を尽かすに違いない。

侑依は唇を噛んで俯き、ただ首を横に振る。

すると、もう何度目かわからない彼のため息が聞こえた。

「僕は君を愛しているけど、いつまでもだんまりは傷付く。理由を話せないと言うなら、それなりのことをしてもらいたい」

冬季は侑依の頬に触れ、顔を上げさせた。目の縁に溜まった涙を拭いながら、じっと見つめてくる。そんな彼を見て、侑依は反射的にこくりと頷いた。

この時の侑依は、これ以上冬季を傷付けたくない一心だった。

「なんでも、する」

「なんでも？」

「うん。私にできることなら、なんでもする」

彼に向かってしっかり頷くと、冬季が可笑しそうに笑った。

「言質、取ったからね」

そう言ってスラックスのポケットからスマホを出す。

『僕は君を愛しているけど、いつまでもだんまりは傷付く。理由を話せないと言うなら、それなりのことをしてもらいたい』

『なんでも、する』

『なんでも？』

『うん。私にできることなら、なんでもする』

先ほどのやりとりを聞かされて、侑依は呆然と目を見開く。

「え……そんなの、いつの間に……？」

「そんなことはどうでもいい。とりあえず、離婚を気にする君に遠慮して、いつも一度しかしなかったけど、今日は遠慮しないから」

スマホを操作し、無造作にベッドの上に投げると、冬季が侑依に覆いかぶさってくる。

コンドームのパッケージを歯で噛み切るのを見ながら、まるで初めて抱かれた時みたいだと思った。

「君は酷い女だ。でも好きだから、今日のところはセックスで許すよ。週末だし、僕の声が出なくなるまで、付き合ってもらおうか。君と黄色い太陽が見てみたい」

侑依は瞬きをして、息を詰めた。

黄色い太陽って何……と思いつつ彼の重みを受け止める。

気付くと彼にキスをされ、あっという間に舌を絡められていた。息をつかせないほどの激しさで、唇を重ねられる。彼はすぐに指で侑依の隙間を探り、ぐっと中を押してきた。

「あっ……冬季さん……っんう！」

「すぐにでも入れそうだな、侑依」

その言葉通り、彼は一気に侑依の中へと自身を押し入れてきた。そして、ベッドが軋むほどの強さで侑依の身体を揺らし始める。

黄色い太陽の意味がわかる次の日の朝まで、侑依は彼に抱かれ続けることになるのだった。

# 6

「西塔さんおはようございます。今日は早いですね」

事務所のドアを開けると、パラリーガルの大崎千鶴が挨拶してきた。

現在の時刻は、七時四十五分。

冬季は自分のデスクにブリーフケースを置きながら、中から必要な書類を取り出していく。

「早く起きただけ」

冬季はいつもの時間、いつものペースを崩すのが嫌いだった。

だから毎日、大体変わらず八時くらいに出勤するようにしている。

けれど今日は、週末を一緒に過ごした人を家まで送って来たから、少し早めに着いたのだ。

「でも、まだ八時前ですよ？　私は毎日七時半には来てますけど……西塔さんが来るのは、いつも決まって八時をちょっと過ぎた頃ですよね？　今日は何か、手こずる案件でもあるんですか？」

ちょっと早く出てきたくらいで、と千鶴を見ると、いつも綺麗にリップが塗られている唇が弧を描いた。

「もしかして西塔さん、ホテルから直行でもしたんですか？　こうやって早く来る時って、大抵すっきりした顔してるから……」

からかうように笑う彼女は、冬季より二つ年上だ。

事務所に入ったのも彼女の方が先なのだが、なぜか敬語を使ってくる。その理由は、弁護士先生だからわざとです、とのことらしい。

大学卒業後からパラリーガルとしてここに勤務している彼女は、司法試験に合格しながら、検事にも弁護士にもならなかった変わり種だ。この事務所で唯一のパラリーガルでもある。最近までもう一人いたのだが、高齢を理由に辞めてしまった。

現在パラリーガルを募集中らしいが、なかなかいい人材がこないと所長の裕典が零していた。

「離婚したばかりなのに、女の子の影が消えませんね。さすが色男」

「そっちこそ、早く結婚したらどうだ？　美人なのにもったいないな」

「そうですよ、美人ですよ。でも、理想の結婚をしたと思った色男が、すぐに別れちゃったりするから、踏み出せなくなりました。酷いですよね、私にトラウマ植え付けて」

ふふふ、とわざとらしく笑う千鶴に、冬季は書類を置いたデスクに軽くもたれかかって言った。

「何が言いたいんだ」

「別に。さすがだと言っているだけです。その若さで大企業の顧問ができるようなイケメン弁護士様は、女の子に不自由しないんだなぁって」

「毎回同じイヤミばかりだな。耳にタコができる」

冬季は耳に小指を入れて、首を傾げて見せた。

「ずっと聞きたかったんですよ。あんなにメロメロだった可愛い子と離婚した時、凄く落ち込んでたじゃないですか。……まあ、それを仕事に出さないのは、さすが西塔冬季って感じでしたけど。なのに、しばらくしたら、なんだかやけにすっきりした顔で出勤する時もあれば、いい匂いをさせてくることもあったりして。……気付いているのが私と美雪さんだけっていうのが、ホント笑えます。男は鈍感でダメですよね」

千鶴からこうした辛辣な対応をされるのはいつものこと。就職当時は理由がわからずイライラしたものだが、受け流す方が楽だと気付いてからは適当な返事しかしない。

「あまりに敏いのも、どうかと思うね。君にプライベートを話すつもりはない。この書類のデータ、パソコンに入れておいて」

そう言って書類を差し出すと、立ち上がった千鶴が目を細めて受け取る。

「……結婚指輪を外さないし……時々、侑依さんの話が出ると暗い顔をするくせに……。

寂しさを紛(まぎ)らわせるために、他の女の子と遊ぶのは良くないと思います」

冬季は侑依と関係を続けていることを職場に言っていない。もちろん、気付かれるようなこともしていない。

離婚について聞かれても、ただ自分が悪かった、と同じ言葉を繰り返した。

実際、今もそう思っている。

けれど、変な意地を張り、泣き落としにかかった侑依も悪いと思っている。

冬季は彼女に離婚を切り出されるまで、侑依の変化に気付かなかった。彼女との生活水準をより高くしようと結婚後は仕事を増やし、顔を見られないほど忙しくしていたのだ。

自分が渋々ながら離婚に応じたのは、侑依があまりにも泣いて食事も取らず痩(や)せてきたからだ。

彼女が少しでも笑顔を取り戻し、元に戻ってくれるなら、と離婚届にサインした。が、その日のうちに離婚届を出してしまうとは思わず、サインしたことを激しく後悔した。

千鶴の言う通り、男は鈍感なところがあると思う。

離婚届にサインさえすれば、侑依の心も多少は落ち着き、ゆっくり今後についての話ができると考えていたのだ。それが、ちょっと車を出して欲しいと言われて、そのまま役所へ向かう羽目になった。

もちろん、かなり遠回りをして、なんとか思い留まらせようとしたのだが、侑依の考えを変えることはできなかった。車の中でずっと泣いて、『サインしたのにどうして』と繰り返すばかり。

好きな女が泣いて懇願した挙句、走行中の車から降りてしまいそうな状況だった。結局、根負けし役所へ行ってしまったのは、何よりの失敗だったと今でも思っている。

もしもあの時、自分が頑として役所へ行くことを拒否していれば、と何度考えたかしれない。

離婚を突き付けられた時、弁護士のスキルを駆使してもっと冷静な対応ができていれば、とも。

一方で、意地っ張りな侑依は、こうと決めたら必ず動く女だともわかっていた。だから冬季は、離婚しても変わらずに会うつもりで別れたのだ。

他の女と遊んでいるという千鶴の非難は見当違いも甚だしい。

「別に遊んでない」

「えー？　説得力ないんですけど」

「仕事してくれないか？　大崎さん」

千鶴は腕を組んで冬季を睨んでくる。

「侑依さんにチクりますから。西塔さんは、他の女の子で性欲発散してます、ってね」

ふん、とばかりに言い放つ千鶴に、冬季は一瞬眉を寄せた。

坂峰製作所へお使いに行くことも多い千鶴は、侑依と仲が良い。

だからこその発言だと思うが……

「嘘を言って、どうする？」

千鶴の言うところの、性欲発散をしている女の子というのは侑依だ。他の女ではない。

「嘘じゃないでしょう？　離婚してすぐにそういう女を作った西塔さんは、愛しい侑依さんに嫌われるべきです」

今日はやけにしつこい、と思いながら冬季はため息をつく。

「彼氏と上手くいってないのか？　それとも、別の理由？」

「はぁ!?」

「いい加減しつこいよ、大崎さん」

冬季は彼女から視線を外し椅子に座った。デスクの上に置いていたブリーフケースをバッグ置きのカゴに入れていると、千鶴がさらに言い募ってきた。

「じゃあ、侑依さんにチクッていいんですね？　西塔さんは、女の子引っかけて遊んでますって」

椅子に座った冬季を見下ろす千鶴は、目が吊り上がっている。

「遊んでないと言っているだろう？　出すもの出してすっきりして、朝からシャワーを浴びて出勤。それの何が悪い？」

「だから、それを侑依さん以外の女の子としてるわけでしょう？」

「自慰行為を責めるなよ。愛しの侑依を思って、一人虚しくしてるってのに」

千鶴は瞬きをして押し黙る。少し顔が赤くなった気がした。

彼女には長年付き合っている彼氏がいるが、この手の話を苦手としている。

「そ、そんな淡々と、自分で処理してること言わないでくださいよ」

「言わせたのは誰？　セックスするとしても、侑依としかやらないよ。でもできないから、侑依を思い出して自分で処理するしかない。何も悪いことはしていない」

嘘だけど、と心の中で舌を出し、さらに赤くなった千鶴を見る。

最初からこう言っておけばよかったと思った。自慰をする男なんて珍しくもないのだから。

実際は侑依との関係は続いていて、今日も朝まで侑依を抱いていた。

それを公にしないのは、侑依が離婚しているのに関係を持っていることを気にしているからだ。

離婚しても関係を持っている男女なんて山ほどいるだろう。けれど、侑依はそれに固執してずっと意地を張っている。

「じゃあ、他に女の子、いない？」

「クライアントは仕事相手、お偉い方々のお嬢様はもともと苦手だ。それに、僕は指輪を外していない。貞操は守ってるよ。侑依のために」

指輪を外さないのは、ささやかな抵抗。気持ちの中では、侑依と離婚したつもりはないから。

「僕の答えに満足した？」

「……不本意ながら、しました。でも、あなたがそんなだから離婚を突き付けられたんじゃないですか？　いろいろと、頭が回りすぎですよ」

「……そうかもしれないな」

千鶴の言う通りなのかもしれない。

侑依とは出会って半年後に結婚していた。付き合った期間を含めても半年だ。

自分が目立つ容姿をしているのは自覚していた。十代の頃からスカウトされたことは何度もあったし、大学時代にはバイトで広告モデルをしたこともある。

何もしなくても周りに女がいたし、経験もそれなりにあった。きちんと付き合った人も、数人いる。けれど、女性と何年付き合っても、結婚してもいい、結婚したい、と思える相手はいなかった。なのに、侑依とは付き合って三ヶ月を過ぎる頃には、米田侑依を西塔侑依にしたいと思っていた。

ずっと傍にいて、彼女と一緒に生きていきたいと思った。

自分のことや仕事のことよりも、侑依とのこれからを想像している自分に、これが結婚したいという気持ちなのだとわかった。

とはいえ、出会って三ヶ月はいくらなんでも早すぎる。せめて一年は付き合ってからと、自分の気持ちを抑えていたが……無理だった。

今は、もう少し慎重に進めていればよかったと思う。

自分は人が思うより不器用で、物言いもストレートでキツイ。それに、相手の何手先も見る癖があり、それは仕事で役立っても、人間関係にはあまり役立たなかった。

ほとほと恋愛には不向きな性格と言えるだろう。

侑依はどうして、あんなに泣いて離婚して欲しいと縋ったのだろう。

仕事が忙しかった以外に、自分は彼女に何をしてしまったのか、どんなに考えてもわからなかった。

冬季のことは好きだけど、もう無理だとしか言われなかった。

好きならどうして、と何度も言った。けれど、侑依はそれ以上何も言ってはくれなかった。

きっぱりと諦められたらどんなに楽だろう。

侑依から『なんでもする』と言質を取るなんて、大人げないにも程がある。

自分はいったい何をしているのかと、我ながら呆れてしまう。侑依のことを引き留めたくて、焦っているのかもしれない。

侑依は可愛らしい外見に反してしっかりとした考えを持った女性だ。時々抜けている性格や、愛嬌のある仕草。キラキラした目とやや低い鼻、少し大きな唇は笑うと魅力的で可愛かった。自分の仕事に誇りを持って、常に努力している姿にも惹かれた。

侑依を深く知るたびに、自分はこの人のために何ができるだろうと、自然と考えるようになった。

「復縁とか、考えないんですか？」

笑みを消した千鶴が、真面目な話ですよ、と言った。

「侑依は、僕から離れることばかり考えているから」

もう離婚したんだから、と会うたび言われる。

当然、侑依との復縁は考えているけれど、あまり性急に迫っても逃げられるだけだろう。だから、なかなか言い出せないでいる。

こんなに自分が弱い人間だとは思わなかった。

それを気付かせてくれた侑依は、本当に自分にとって必要な人だと思うばかり。

「でも望みがあるなら……」

「大崎さん、仕事して。油売ってる時間ないよ」

そろそろ所長も姿を現す頃だと気付いたらしく、千鶴は自分のデスクへ戻り椅子に座った。

「西塔さん」

「なに？」

「朝から、失礼しました」

そう言って頭を下げた千鶴は、すぐに気持ちを切り替えて仕事を始めた。こういうところが、できるパラリーガルだと思わせる。

「いいよ、別に」

そうして冬季も今日の仕事の確認を始めるが、ふと今朝別れたばかりの彼女を思い出す。

軽く眉を寄せて、あの意地っ張り、と心の中で侑依を詰った。

愛しているから傍にいたいと、冬季はいつも伝える。けれど侑依は、好きだけど離れたいと言う。

それでいて、セックスになると蕩けて可愛くなるのだ。

触れると柔らかく解け、冬季を切ないくらい締め付けてくる。

けれど、どんなに身体はすっきりしても、気持ちはすっきりしない。

未明まで抱いても、少しも変わらぬ関係に虚しさを感じる。

冬季は軽くデスクに爪を立て、小さくため息を零した。

今日も仕事は忙しい。

だが、疲れて帰った家に、侑依はいないのだ。そのことが、何より冬季に空虚さを感じさせるのだった。

＊　＊　＊

その日、冬季が家に着いたのはもうすぐ午後十一時を回ろうという時刻だった。

郵便受けから手紙や広告を無造作に取り出し、それを持ってマンションのエレベーターに乗る。

部屋に行きつき、カギを開けて靴を脱いだ。

玄関の靴棚の上にカギを置くと、ドアを施錠してリビングへ向かう。

上着を脱ぐよりまず座りたかったのは、今日はほぼ一日外を歩き回っていたからだ。

急なトラブルがあったと、担当している企業から呼び出された。もともと予定していた訪問先にも行かねばならず、事務所に帰ってからデスクワークを始めたら、思った以上に帰る時間が遅くなってしまったのだ。

「あの事務所の規模で、抱える企業が多すぎだ。大体、なんで離婚訴訟を僕が……袴田に任せればいいのに」

ネクタイを緩(ゆる)めながら、ソファーに座り一息ついた。

目を閉じるとどっと疲れが押し寄せ、立ち上がりたくなくなる。

袴田崇太(そうた)は二つ年上の冬季の同僚だ。弁護士になった年は一緒だが、彼は司法試験に一度落ちているらしい。袴田は普段、所長の比嘉裕典と組むことが多いのだが、たまに共同で仕事を進めることもあった。

企業の労務や法務関係の案件が多い冬季に対し、袴田は離婚訴訟や民事関係を担当することが多い。なのに、ちょうど今手がいっぱいだからと、冬季に離婚訴訟の仕事を回してくるなんて、どんな嫌がらせだと思ってしまった。

所長の裕典は人が良いため、頼まれると仕事をポンポン引き受けてしまうところがある。

それでよく、彼の妻で、冬季がペアを組んで仕事をすることの多い美雪から、叱られているのだそうだ。

離婚訴訟の仕事が回ってきた時、美雪からは頭を下げられた。

『あなた自身が離婚したばかりなのに、ごめんなさいね』

離婚からすでに半年近く経っているが、気分的にはまだ少ししか経っていないと感じる。

冬季は閉じていた目を開き、大きく息を吐いた。

こうして静かな部屋に一人でいると、つい過去のことを思い出してしまう。

ほんの半年前は、ここで侑依と一緒に住んでいた。

どんなに疲れて帰っても、彼女がお帰りなさいと言って出迎えてくれると、なんだか嬉しかったな、と思い出す。

「忘れ物はもうないし、彼女からこの家に来ることはないだろうな」

会う機会は作れても、この家に侑依がいないのだと思うと、思わず深いため息をついてしまう。

今朝までは、ここで一緒にいたのに……

ホテルに一泊した後、土日はこの家で過ごし、一度も家から出なかった。食事は全てデリバリーで済ませ、それ以外はずっとベッドで侑依を抱いていたように思う。

冬季は額(ひたい)に手をやり、再度目を閉じた。まだどことなく部屋に彼女の気配や香りを感じるのに、当の侑依がいないのは地味にこたえる。

『なんでもする』と、言質(げんち)を取ったけれど、正直そんなことをしてまでと後悔の念が浮かぶ。こんな大人げない自分を、彼女はどう思っただろうと自己嫌悪に陥(おちい)る。

本当は侑依が何も考えず、もう一度冬季の腕に飛び込んできてくれたらいい。

離婚の理由は話さなくてもいいから、変な意地を張らず冬季と普通に会って、せめて恋人らしく付き合って欲しいと思う。それで一緒に暮らせたら一番なのだが。

「思っているだけじゃ埒が明かないな」

今日の郵便物を手に取ると、どうでもいい広告と光熱費の請求書、そして綺麗な封筒に入った手紙があった。

「何かの招待状かな……」

適当に封を開くと、中の書面には大学時代の恩師が定年退職する旨が書かれていた。それにあたり、同窓生で集まり食事会をするとも。

「相変わらず、急な話だな……もう再来週じゃないか」

恩師である教授のゼミは比較的飲み会が多かった。またその教授も、明るく楽しい人だった。今でも、彼のゼミを選んでよかったと思っている。

「侑依と会う口実が、できたな」

出欠席のところに、同伴者を書く欄があった。

冬季は出席に丸をつけ、同伴者の欄に侑依の名前を書く。

そして、時計で時刻を確認してから、侑依に電話をかけた。

何度目かのコールの後、侑依が電話に出る。

『もしもし』

「侑依？　まだ起きてたか」

『……私が寝る時間、知ってるでしょ？　もう寝るけど、どうしたの？』

侑依の声を聞くのは、今朝以来だ。なのに、会いたくなってくる。

「今日は、仕事大丈夫だった？」

電話口で侑依が息を呑むのがわかった。

彼女とは、とても爛れた週末を過ごした。

そういえば前にも一度、新婚旅行と称して行った北海道で同じことをしたな、と今更ながらに思い出す。

『もう、ああいうのはやめて……せめて一泊にしてくれると助かる』

彼女の声が揺れた。それがどうしてなのかわからないが、侑依の声はこういう時も冬季の心を騒がせる。

「君がなんでもすると言ったからだ。凄く、良かったよ侑依。でも、今日は寝る前にシーツを取り替えないといけないな」

二日間ずっと抱き合い、何度も彼女と繋がった。今朝は時間がなかったから、こんなに疲れて帰ってきてもシーツを取り替えなければならない。

『ごめんなさい。私がいたら、やっておいたんだけど……』

「そうだね」

冬季は簡潔に答えて、内心でため息をつく。

以前はこういうのも全て彼女任せにしていて、顧みることがなかったと反省する。もちろん、帰ったらいつも清潔なシーツになっているから、気付いた時にはありがとうと言っていたが、それだけでは足りなかったかもしれない。

『今帰ってきたの？』

「ん、ああ。今日は忙しくてね」

『きちんと、ご飯は食べてる？　いつも、忙しいんでしょ？』

侑依はいつも同じことを言うな。

一緒に住んでいた時は、遅く帰ると必ず夜食を作ってくれた。夜遅いから軽いものだったが、野菜を中心にしたものが多かった気がする。

「普通だよ。作る暇がないからコンビニが多いけど。一応、野菜中心にしている」

『そう……あまり無理はしないでね、冬季さん』

こうして自然に気遣ってくれたりするから、余計に冬季は彼女が恋しくなってしまう。

「ありがとう。電話したのは、今度一緒に行って欲しい場所があるんだ。仕事じゃないし、堅苦しい場所でもないから、同伴して欲しい」

侑依は電話口で黙り込む。つい、それに焦れて冬季は口を開いた。

「なんでもすると、君は言ったよね？　パーティーの時みたいなドレスは必要ないけど、少しオシャレしてきて欲しいな」

『……わかった。日時と待ち合わせ場所は？』

「僕の大学の最寄り駅。詳細は後でまたメールする。とりあえず、再来週の土日は空けておいて」

『うん……じゃあ、また』

「ああ、おやすみ」

『おやすみなさい』

電話を切ると、またため息。彼女の声や息遣いが耳元から消えない。

「いつになったら、また僕のものになってくれるんだか」

ソファーの上にスマホを無造作に置いて立ち上がる。

冬季のもののようでそうではない侑依。一度は手に入れたのに、いつの間にか手からすり抜けていってしまった。

自分が至らなかったところを、もっと詰って（なじって）くれていいのに、彼女はそれをしない。だから余計に、こうなってしまった原因がわからないのだ。

「もう寝ないとな」

また明日も忙しい。

明日は裁判所へ行って、それから離婚訴訟のクライアントに会って――

そう頭を切り替えながら冬季はスーツを脱いで浴室へ向かうのだった。

# 7

懐かしい夢を見た。冬季と暮らし始めた頃の夢だ……

初めて朝食を作った日、彼はどこかくすぐったそうな顔をして、侑依にありがとう、と言った。

普段クールな彼のはにかんだ笑みに、侑依の心が温かくなったのを覚えている。

そんな幸せな夢から目が覚めたのは、何度も名を呼ぶ声が聞こえたからだ。

侑依の名を呼ぶのは、低くて艶のある、大好きな人の声――

「おはよう、侑依。一度家に戻るんだろう？」

目を開けると思った通りの人がいて、侑依は一瞬、今がいつかわからなくなった。

一度家に戻る……

その言葉に、侑依は目を閉じてゆっくりと深呼吸する。すぐにベッドが揺れて、目蓋の裏が明るくなった。もう一度目を開けた侑依は、眩しさに目を細めた。

「朝……」

「そう、月曜の朝。相変わらず朝は弱いな、侑依」

月曜の朝と聞いて、ノロノロと身体を起こした。

夢のせいでぼんやりしていた侑依は、すぐに昨日までのことを思い出し大きなため息をつく。

冬季とは、この週末ずっとセックスをしていた。

金曜日の夜、一緒に焼肉を食べた後、ホテルで三回身体を繋(つな)げた。侑依は二回目の後、疲れて寝てしまったが、愛撫(あいぶ)をする彼の手に起こされた。結局、ゆっくりと愛されながら冬季を受け入れ、彼の言葉通り朝までセックスすることになった。

その後は、もっと一緒にいたいと言う彼に部屋へ連れて行かれ、そのまま土日はずっとベッドにいたような気がする。

その分、昨夜は比較的早く眠った。

窓辺に立つ、やけにすっきりした顔をする彼と寝る前にセックスをして、互いに軽くシャワーを浴びてベッドへ入ると、撃沈だった。

こんなにぐっすり眠るなんてずいぶん久しぶりだ。

それだけ、身体が疲れているということかもしれない。

なんでもする、という言質(げんち)を取られたとはいえ、拒否することはできたはずだ。

でも侑依は、彼の言う通りにしたかった。

そうすれば、まだ冬季と一緒にいられる。好きな人と抱き合う口実ができる。また狡(ずる)

い考えだと思いながらも、侑依は冬季と過ごす時間を選んだ。

もしかしたら、彼も本当はわかっているのかもしれない。この口実に侑依が縋(すが)っているのを。

それにしたって……

「身体がだるい。……冬季さん、やりすぎ……」

クスッと笑った彼は、優しい目で侑依を見つめてくる。

「君が、なんでもすると言ったから、ついね。そんなことより、早く服を着ないと家に帰る時間がなくなるけど？」

勝手知ったる部屋だ。時計の位置もよくわかっている。確かに、一度自分の家に帰ることを考えると、遅い時刻だった。

スラックスとシャツを身に着けている彼は、髪の毛を整えれば、すぐにでも出勤できるくらいに用意ができていた。つまり彼は、もっと早く起きていたということ。

「一緒に起こしてくれたらよかったのに」

「寝顔が可愛くて起こせなかった」

侑依の寝顔なんて、これまでだって散々見てきただろうに。心の中で照れ隠しの悪態をつきながら、ショーツとキャミソールを着た侑依はベッドから下りた。

その時ふと、腕の内側の赤い痕(あと)が目に入る。

昨夜鏡で見た侑依の身体には、あちこち赤い痕が散っていた。今、見えるところだけでも、肩や二の腕の内側などに痕が散っている。

「一応、見えるところには残してないから」

恨めしげな侑依の視線に、平然とそんな答えが返ってきた。

ため息をつきつつ、侑依は身支度を始める。

服はカーテンレールにかかっていた。その他のものはソファーの上にまとめて置いてある。

この部屋に、侑依の服をしまうスペースはもうないから。

二人で選んだカーテンやベッドは以前と何も変わらないのに、侑依のものだけが存在しない部屋。

それを今更ながらに自覚して、ズキンと胸が痛んだ。

我ながら勝手すぎる感傷に、急いで気持ちを切り替える。

キャミソールから腕を抜き、ブラジャーを身に着けた。手早く身支度を整え彼を見ると、冬季はすでに、いつでも仕事へ行ける姿になっていた。

ああ、素敵だな……と思う。

初めて会った時から、冬季は侑依をドキドキさせる。

そんな彼を、ずっと傍で見ていたいと思っていた。

でもそれは、侑依のせいでできなくなった。

どんなに胸が痛んでも、自分のとった行動はそれだけ重いのだと自分を戒める。

服の上から胸の辺りをギュッと掴み、大きく息を吐いた。

「家を教えて。送るから」

ブリーフケースの中身を確かめていた彼に声をかけられ、侑依は唇を引き結んだ。

「……大丈夫、電車で帰るから」

「そう。じゃあ、気を付けて」

あっさりとそう言われて、侑依は唇を噛みしめた。

ここで傷付くのは筋違いだ。極力平静を装い自分のバッグを持ち上げた。

「じゃあね、冬季さん」

彼はその場で微笑み、手を振る。

玄関まで送ってくれたらいいのに、と思うのは完全に侑依のわがままだ。

侑依は彼への気持ちを断ち切るように、寝室を出て玄関へ行く。

履くのに時間がかかる靴でもない。侑依は、後ろを振り返ることなく玄関のカギを開けた。

「侑依、忘れ物」

その時、背後から声がかかる。

彼が手にしていたのは、小さな石が付いたネックレス。侑依にしては奮発したもので、いつも身につけていた。

「洗面台に置いたままにする癖、どうにかした方がいい。なくしたら大変だ」

言いながら、冬季は侑依の首にネックレスをつけてくれる。そのまま顔を近づけ、そっと唇にキスを落とした。その瞬間、とくん、と強く鼓動が跳ねる。

ちゅっと小さな水音を立て、柔らかな唇がゆっくりと離れていく。

時間にすればほんの数秒。けれど、侑依の心を揺らすには充分すぎるキスだった。

「またね、侑依」

頭を撫でる手が離れる前に、侑依は彼のスーツの襟を両手で掴んだ。

「やっぱり、送って……」

目を瞬かせた彼は、すぐにクスッと笑った。

「最初からそう言えばいい。本当に意地っ張りだな、君は」

一度部屋に戻った彼は、すぐにブリーフケースを持ってくる。靴棚の上に置いてある車のリモコンキーを手にしつつ、綺麗に磨かれた靴に足を入れた。

二人でエレベーターに乗り、駐車場へ行く。その間、どちらも口を開かなかった。

車に乗りシートベルトを締めたところで、冬季が侑依に視線を向ける。

「君と週末を過ごせてよかったよ。ありがとう」

微笑んだ彼は、侑依の頭を軽く撫でてから静かに車を発進させた。

一緒に過ごせてよかったのは、侑依の方だ。

たとえひと時でも、好きな人とともにいられる幸せを感じていられたのだから。

でも、侑依がそれを言葉で伝えることはできない。

彼の言う通り、いつも意地を張ってしまう。

全て侑依が悪いのは、自分でもよくわかっていた。

シートに身体を預け、小さく息を吐く。

離婚後、ずっと秘密にしていた家を知られるのは、正直怖い。ギリギリのところで保ってきた最後の一線がなくなってしまう気がしたから。

そう思いながらも、二人でいるこの時間が幸福で……

侑依は、言葉少なに冬季を道案内するのだった。

＊　＊　＊

その日は、侑依も関わっていた仕事で最高の出来事があった。

新規に依頼を受けた受注先が、新たに大量の部品を注文してくれたのだ。

会社の利益に繋(つな)がることはもちろんだが、何より社員たちの士気が高まった。坂峰製作所は小さな町工場だけど、これまで努力してきたことが報われた気持ちになる。

そして、自分の選んだ会社はやっぱり素晴らしいと、心から思えた出来事だった。

それなのに、侑依の気持ちはどこかみんなと一緒に盛り上がり切れずにいる。

その理由は、心に冬季の存在をずっと感じていたからだろう。

仕事をしていても、彼の付けた痕が服に擦れてピリピリするし、中にまだ冬季が入っているような感覚が残っていた。

週末、彼は何度も侑依の中に入ってきたし、果てた後もすぐに抜かなかったからだろう。思えばずっと彼の存在が内側にあった気がする。

こんなにしたのは、新婚旅行で行った北海道のホテル以来かもしれない。

確かあの時は、結婚して一ヶ月の記念に、と冬季が連れて行ってくれたのだ。

彼の誕生日である十二月二十三日に入籍したけれど、年末の、しかもクリスマス直前ということもあって、どこかへ行こうにも予約でいっぱいだった。

結局、仕切り直して、入籍から一ヶ月後の一月二十二日から、初めての旅行へ出発した。

ところが予約した飛行機が雪で飛ばず、キャンセル待ちしてようやくホテルに着いたら、すでに日が暮れていた。さらに次の日は大吹雪でホテルの外に出られず、二人で布団にくるまって窓の外の様子を見ていた。

その間、時間だけはたっぷりあったので、新婚旅行らしくずっと抱き合っていたのを思い出す。

温かい身体に包まれ、冬季の熱を直に感じられるとても濃厚な時間だった。

「カニ、食べたかったなぁ……」

過去を思い出しながら、ぼんやりと独り言を漏らすと、「ああ？」と言われて現実に戻る。

「お前、何、言ってんの？　妄想？」

優大が軽く眉を寄せ、侑依を怪訝な顔で見てきた。

勤務表を作成していたらしい彼は、事務所のコピー機の傍にいたのだ。その存在に気付かず、独り言をつぶやいてしまった侑依は、急に恥ずかしくなる。

「別にいいでしょ？　いつも食べられるわけじゃないんだし、妄想くらいいいじゃん」

「まぁ、そういう季節だけどさ……西塔におねだりして連れて行ってもらえば？　金持ってるだろ？　喜んでご馳走してくれんじゃないか」

けっ、と言わんばかりの優大の言葉に、ムッとして言い返す。

「なんでそんなこと言うの？　冬季さんにおねだりなんてしないよ。お金だって、あの人はそれだけ責任のある難しい仕事をして、忙しくしてるからでしょ」

優大は軽く舌打ちして、侑依に呆れた目を向けてくる。

「そういう言い方が、お前らがまだ切れてないって思わせるよな。それに、おねだりはしなくても、あいつがしてくれることは受け入れるってことだろ？」

その指摘に、侑依はハッとして口をつぐんだ。

優大は冬季との関係が続いているのを知っている。確かにそう思われても仕方がない行動を取っているかもしれない。

「それは……できるだけ、そうしたくないって思ってるよ」

「侑依って何気に、狡(ずる)い女だったんだな。まぁ、西塔はお前にベタ惚れだし、お前を振り向かせたくてやってることだろうから好きにすればいいよ。ただな、だったらそろそろ応(こた)えてやってもいいんじゃないか？　身体だけやって、後は意地を張るって結構酷いぞ。西塔はハート強いな」

本当にぐうの音(ね)も出ない。

侑依は優大から視線を逸(そ)らし、椅子に背を預ける。肌に服が擦れてピリッと痛んだ。

こんなにも身体に彼の存在を染みつけられて、本当にこの先一人で歩いていけるのだろうかと考えることもある。けれど、侑依は自分でしたことの責任を取らなくてはいけない。

たとえ、意地を張っているだけだと言われても。

でも今、その意地までもが崩れ落ちそうになっている。それは、冬季が好きすぎて、そして彼もまた侑依のことを好きだと改めて思い知ったから。

「……わかってるよ。ちゃんとしないといけないって」

「西塔のこと好きなんだろ?」

侑依は声に出さず、小さく頷いた。すると、いつの間にか傍に来た優大が、侑依の頭をポンポン、と軽く叩く。

「素直になった方が身のためだぞ。今時、離婚なんて珍しいことじゃない。復縁も同じだと俺は思うけどな」

そうして笑みを向けられ、侑依も少しだけ笑う。

「ありがと、優大」

「ん、よし」

グリグリと侑依の頭を撫でてから、彼は背を向けて事務所を出て行った。

優大の言う通り、いっそ何もかも開き直ってしまえたら、心のまま素直になれたら……と思う。

「わかってるんだけど……もう、なんだかな……はぁ」

素直になって、彼に身を任せてしまえたら幸せだとわかっている。

でも、その一歩が踏み出せない。

自分のわがままで冬季を傷付け、周りにも迷惑をかけた。

そんな自分が、もう一度幸せになってもいいのかと思ってしまうのだ。

――素直になった方が身のためだぞ。

わかっている、本当にわかっているんだけど。

侑依は自分の気持ちに、折り合いがつけられない。

離婚してから、自分の中は矛盾ばかりだ。

仕事を再開しながらも、侑依の心は激しく揺れるのだった。

＊　＊　＊

その日の夜。そろそろ寝ようとしていた時、スマホに電話がかかってきた。

相手は冬季で、たっぷり迷ってから電話に出る。

彼は、一緒に行って欲しい場所があると言ってきた。

侑依はその誘いに迷って、しばらく押し黙ってしまう。すると彼は、金曜の夜に言ったことを条件に出してきた。

『なんでもすると、君は言ったよね？　パーティーの時みたいなドレスは必要ないけど、少しオシャレしてきて欲しいな』

言質を取られた手前、侑依に断ることはできなかった。それと同時に、彼と会う口実ができたことを、喜んでいる自分もいる。

電話の後、メールで約束は再来週の土曜日、時間は午後七時を指定された。土日は空けておいて欲しいと言った冬季に、彼との夜を自然と期待してしまう。

そんな自分に自己嫌悪を感じながら、侑依は再来週を待ち遠しく思った。

正直お財布事情は厳しかったけれど、少しオシャレをと言われたので服を買いに行く。どのような場所か聞いていないが、堅苦しい場所じゃないと言っていたから、ややカジュアルな綺麗めの装いを意識する。

ざっくりした白のセーターとグレンチェックのロングスカートを購入し、足元は手持ちの黒のショートブーツ。バッグはファーの付いたバケツ型のお気に入りを持って行くことにした。

そして当日。

待ち合わせの駅に着くと、すでに冬季が待っていた。侑依が近づいて行くと、彼はすぐにこちらに気付いたようだ。

「侑依……」

「こんばんは、冬季さん」

なんだか微妙な顔をして首を傾げる彼に、どうしたんだろうと思って見上げる。

「かなりカジュアルだな。可愛いけど」

「えっ!?　これじゃ、ダメだった？」

「……いや、いい。行こうか」

そうして背を押されて歩きだす。失敗したかもしれないと思い始めたのは、土曜日ながら彼がビシッとしたスーツ姿だからだ。彼の大学の最寄駅、そして少しオシャレが必要な場所、というところから想像を働かせ、もしかしたら……と思った。

「私、詳しく聞かなかったけど……今日って、大学の時の人たちと集まる、とか？」

「ああ、そう。ごめん、きちんと言ってなかったな」

侑依は並んで歩きながら、口を開いてしばし呆然とする。

冬季の大学の集まりということは、おそらく出席者は素晴らしい職業の人たちばかりということだ。みんながみんなそういうわけではないかもしれないが、侑依のようなカジュアルな恰好をした人は少ないだろう。

「もしかして、私の恰好、場違いだったりする？　だからさっき微妙な顔をしたの？」

「いや……大体スーツだとは思うけど、まぁ、いいかと思ってね。可愛いし、侑依に似合ってるから問題ないだろう」

「冬季さん、オシャレしてきて欲しいとしか言わなかったじゃない。ドレスじゃなくてもいいけど、くらいじゃわからない」

侑依は思わず、頬を膨（ふく）らませてしまった。

微妙な顔をするくらいなら最初からちゃんと言ってよ……と、心の中で盛大に文句を言う。だが、ため息とともに侑依はそれをぐっと呑み込んだ。

冬季に言葉が足りないところがあるのは承知の上。彼が問題ないと言っているのだから、もういいやと思うことにした。

「悪かった。でも、その服いいな。似合ってる」

「本当にそう思ってる?」

「当たり前だ。可愛いよ、侑依」

そうして彼は手を繋いでくる。絡んだ指先にドキドキと心臓が騒ぎ始めた。

「また、そういうことを……。冬季さんと並んで、しっくりきているとは言い難いし」

ショーウィンドーに、並んで歩く侑依と冬季が映っている。それを横目で見ていると、冬季が侑依を見て微笑んだ。

「僕は侑依とこうしているだけで、幸せだけど?」

その表情から侑依は慌てて視線を逸らした。

それでなくても意地や決心が崩れそうになっているのに、冬季の魅力的な部分を見せられたりしたら、もう全てがダメになりそう。

侑依は今日来たことを早くも後悔し始めていた。

彼に連れて行かれた場所は、オシャレなレストランだ。入り口には「本日貸し切り」と出ていて、店の中にはすでに人がたくさん入っていそうだった。

侑依が繋いだ手を離そうとすると、彼にギュッと握りしめられる。

「なんで離そうとする？」

「だって、私は……」

「君は僕の同伴者。その意味、わかるよね？」

耳元で言われて、身体が震える。

冬季の声は、最初から侑依の好みだった。それを耳元で囁くなんて確信犯に違いない。

そんなの、どうしたって従ってしまうではないか。

声も、姿も、内面も……最初から惹かれてやまない、大好きな人。

「はい」

「素直でよろしい」

微笑んだ冬季は、侑依と手を繋いだまま店のドアを開けた。

一斉にこちらを見てくるのは、華やかな雰囲気の人たちばかり。素敵なスーツやセットアップを着ている人が多いが、中にはカジュアルな恰好をした人もいた。それでも、侑依ほどではない。

「やだ、西塔君久しぶり」

一番最初に声をかけてきたのは、長いストレートの髪をしたキャリアウーマン風の美人だった。眉の下で切りそろえた前髪が、モダンな雰囲気を醸し出している。

「久しぶり。元気そうだ」

「当たり前でしょ。これでも、社長なのよ」

絡めた指が緩んだのでそっと手を離すと、冬季と話す美人の視線が侑依を捉える。

「珍しい、女の子連れて来たんだ。西塔君の彼女？」

ふふ、と笑うその顔には、自信がみなぎっていた。この人は、冬季のことが好きだったのかもしれない。彼の肩に置いた、彼女の赤いネイルが綺麗だと思った。

「いや、妻だけど」

「「えっ？」」

美人と侑依の声が重なる。ひらりと左手を見せる冬季に、美人は納得しきれないような微妙な表情をした。

「うっそ……いつ？」

周りの女性たちも、驚いた顔をしてこちらを見ている。男性たちが、西塔が結婚したって、と囁き合っているのが耳に聞こえてきた。

「もう少しで一年かな。そんなに意外？」

笑顔で話す冬季に、彼女は首を振る。

「ううん、別に。可愛い奥さんね」

「ありがとう。ちょっと先生に挨拶してくるから」

そう言って冬季は、侑依の肩を抱きレストランの奥へと歩いていく。

「冬季さん、妻だなんて嘘ついて……私、指輪してないのに」

周囲の目を気にしてコソコソ言う侑依に、彼はフッと笑って視線を向ける。

「君は結婚している時も、指輪を外したままなんてこと普通だった」

それは彼からもらった指輪を大切にしていたから。後々、めちゃくちゃ高いと知ってびっくりした。

「あんなにキラキラした素敵な指輪、傷付けたらいけないと思って外してたの」

「知ってるよ。君は指輪を置いて行ったけど、あれは侑依にあげたものだ。今度来た時にでも持って帰って欲しい。好きな指につけたらいいだろう」

持って帰って欲しい、という言葉は冷たく感じるかもしれない。けれど彼は、侑依にあげたものだから薬指以外でも身につけて欲しい、と言っているのだ。

「今の私に、あれをつける資格はないよ」

冬季は立ち止まって、侑依に微笑む。

「資格なんて関係ない。あれは君のために作った君だけのものだ。だから、君に持っていて欲しい。いらないなら、君が捨ててくれ」

その言葉に、侑依の心が大きく揺れた。

彼は侑依の気持ちを知っているのに、そんなことを言うなんて。

侑依は彼から顔を逸らし、下唇を噛んだ。

冬季と侑依は結婚式を挙げていない。その分あの指輪は、彼が侑依への愛を誓って贈ってくれた特別なものだった。離婚するまで、侑依はそれを本当に大事にしていた。だから家を出る時、彼への思いを断ち切るために置いて出たのに。

そんな指輪を、自分が再び手にしてもいいのだろうか。

そんなのはダメだという自戒と、もう一度という期待に、侑依の心はぐちゃぐちゃになっていく。

「先生はゼミの教授でね。定年退職するそうなんだ。大学時代、本当にお世話になった人だから、侑依も一緒に来てくれ」

きっと視線の先にいるのが、彼の恩師なのだろう。

小さく頷くと、彼は笑みを浮かべたまま侑依の背を押した。

そして彼は、恩師の前でも、侑依を妻だと紹介した。そして誰より大切な人だ、と。

侑依は、ただ笑って頭を下げることしかできなかった。

すでに身体から消えたはずの彼の付けた痕が、ピリッと痛んだ気がした。

＊　＊　＊

「西塔君の奥さんに、全然見えない」

侑依がトイレで手を洗っていると、先ほどの美人が声をかけてきた。

「……そう、ですか」

冬季といると、こうしたことはよくあった。だから侑依は、緩く笑って見せる。

すると彼女は、さらに一歩近づいて上から下まで侑依を見てきた。

「指輪、してないんだ？」

「家に忘れてしまって……」

今の侑依が妻だというのはウソだけど、元妻として答える。

「ねぇ、どうやって彼と結婚したの？　西塔君が凄い弁護士だって、ここにいるみんなが知ってる。彼ほどの人が、小さい弁護士事務所に就職したって聞いた時は耳を疑ったけど、そこが凄い顧客を抱えている事務所だとわかって、さすが西塔君だと思った」

確かに冬季は、大企業を相手に仕事をしている。若すぎるという点を差し置いても、彼が優秀な弁護士であることは周知の事実なのだろう。

「特別美人ってわけじゃないし、色仕掛け……なわけないか。西塔君はモテるし、イイ女知ってそうだもん。ってことは、何か彼の弱みでも握ってるの？」

「そんなこと……」

こういう理不尽なことを何度も言われた。なんで冬季とあなたが、と言われるたびに、いつも胸が苦しかった。

「あの西塔君が、なんであなたみたいな平凡な女を妻に選ぶわけ？　あり得ないんだけど」

そんなの侑依だってわからない。けれど、さすがにイラッときてしまい、つい言い返してしまった。

「私にもわかりませんけど、冬季さんは私がいいそうです」

すると、みるみる彼女の顔が険しくなった。

「はぁ⁉　意味わかんないんだけど⁉」

柳眉を逆立てた美人が、ドンッと、わざと侑依に肩をぶつけてトイレを出て行く。彼女は、これ見よがしに長くて綺麗な髪を軽く払った。

天使の輪ができそうなほどサラサラで綺麗な黒髪。手入れが行き届いているのが一目でわかる。

「あまり、しつこくされなくてよかった」

彼女の去った方を見ながら、侑依はため息をついた。

ある意味、こうしたことに慣れてしまっている自分に呆れる。

初めて冬季に同伴してパーティーに参加した時は最悪だった。彼を狙っていたらしいお嬢様から、なんであなたが冬季と、としつこく詰問された。

二度目に彼と同伴した時は、さらにいろんな女性から冬季といることを露骨に責められた。なぜかその母親まで出てきたりして、散々だったのを覚えている。

最初は、そんなことを言われる筋合いはないと反論していたけれど、何度も続くうちに反論するのがバカらしくなった。

つまりはみんな、冬季の隣に侑依は相応しくないと思っているのだ。

周りを見れば、彼に憧れる女性は驚くほど多い。そんな彼女たちにとっては、侑依が彼の隣にいるだけで気に入らないのだろう。

おまけに、そうした女性たちは、必ず侑依が一人でいる時を狙ってくるからたちが悪い。

冬季に告げるのは簡単だったけれど、それをしたら侑依の負けのような気がして、一度も冬季に伝えたことはなかった。

「でもさっきのは、私が言わせたのかもしれない」

いつまでもこのままではいけないと思うのに、一歩が踏み出せずにいる。

なんだかなと思いながら、侑依はもう一度手を洗った。

冷たい水が、ごちゃごちゃした頭をすっきりさせてくれる気がした。

会場に戻ると、侑依の視線は自然と冬季に引きつけられる。

「見てるだけで、ドキドキする」

彼はたくさんの人に囲まれていた。

あれだけ容姿に優れて地位も能力もあれば、ああなるのも当然かもしれない。

侑依はそんな彼と、一度は結婚したのだ。

手の届かない人に恋をしているのは、侑依じゃなくて周りの女性たちなのかもしれない。

そう思った。

社長だと言っていた先ほどの美人は、侑依に対する態度とは別人のように微笑み、冬季と話している。それを見ているうちに、侑依の中に湧き起こってくる感情があった。

これまでも、冬季を狙う女性たちから非難されてきた。

そのたびに、自分の平凡さを思い知らされ、彼の隣にいる自分に引け目を感じた。

けれど、彼と離婚したことで、初めて見えてきたことがある。

どうして侑依は、冬季ではない赤の他人の言葉にあんなにも傷付いていたのか、と。

そう思えるようになったのは、きっと冬季が今でも侑依を好きだと言ってくれるからかもしれない。

侑依は一度、疑心暗鬼(ぎしんあんき)に囚(とら)われて彼の傍から逃げてしまった。

けれど、もう一度、彼の隣に戻りたいと、彼の隣が侑依の場所なのだと言いたい。

もしかしたら、それは許されないことなのかもしれないけれど、今度はもう自分の気持ちを間違えたくなかった。

侑依は湧き上がる思いのまま、まっすぐ前を見つめた。

冬季の隣は、さっきの美人が我が物顔で陣取っている。

あそこは、侑依の場所だ――自然とそう思った。

今の侑依は彼の妻ではないけれど、隣にいることを許されている。

だから冬季の隣は、妻と紹介された侑依の場所だ。

侑依は彼のもとへ、まっすぐ歩き出した。

冬季の傍まで行くと、彼の視線が侑依を捉える。

「どうした？　侑依」

彼の目が侑依を見て優しく細められる。彼の隣にいる彼女をちらりと見た後、侑依は冬季を見上げて微笑んだ。

「放っておかれて、寂しかったから」

「そうか、悪かった」

小さく首を振り、冬季に歩み寄る。

「私も話に加わっていい？」

ちらりと彼女を見ると、一瞬凄い顔で睨まれた。けれど彼女はすぐに笑顔を取り繕い、冬季の腕に手を添える。

「でも、奥様にはわからない話よね？　西塔君」

「ああ、そうだな。じゃあ、僕らは失礼するよ。向こうのみんなとも話したいし」

そう言って、冬季は彼女の横をあっさり離れた。笑顔で侑依の手を取り、料理の置かれたテーブルへと歩いていく。

「彼女、いいの？　冬季さん」

「ああ。侑依がいないから話していただけ。あからさまな好意は面倒なだけだ。それに……君が僕に独占欲を見せてくれたから、他はもうどうでもいい」

「え？　独占欲？」

そんなの見せた覚えは……と眉を寄せる。けれど、彼の言うことは、あながち間違っていない。

冬季の隣にいるのは自分だと思った根底には、確かに彼への独占欲があるのだから。

「違うけど、それ。ただ、冬季さんが、女の人とずっとベタベタしてるから……」

自覚した途端、またもや侑依の意地っ張りが顔を出す。

ああもう、私のバカ、と侑依は内心頭を抱えたくなった。

「嬉しいよ、侑依」

ただそれだけ言って、彼は侑依を見つめた。

「どこが嬉しいの？　今だって夫婦だって嘘ついてこの場にいるのに」

小さな声でそう言うと、冬季に微笑まれる。

「君からの独占欲は嬉しい。今まで、こんなことなかった。少しは嫉妬や独占欲を見せてほしいと思っていたからね。いつも僕ばかりが、君の近くにいる男に嫉妬していた気がする」

そんなことない。侑依の方が、いつだって冬季の周りにいる女たちに嫉妬していた。でも侑依は、それを彼に言うことができなかったのだ。醜い嫉妬をぶつけて、彼が離れていくのが怖かったから。

「好きだよ、侑依」

「……わかった」

ただそう答えて、侑依は俯く。

彼に届かない恋をしているのは、侑依がずっと嫉妬していた周りの女性たちで、侑依ではない。

それがわかったのに……

侑依は伝えられない彼への気持ちに、そっと唇を噛みしめた。

## 8

パーティーは、二時間半ほどで終わった。

夜の十時過ぎにはみんなレストランから出ていたが、それぞれ二次会などに行くらしく、まだ周辺に集まって話し込んでいる。

「西塔はどうする？　せっかくだし、奥さんと来いよ」

人気者である冬季は、あちこちから誘いを受けていたが、苦笑して断っていた。

「行きたいのはやまやまだけど、仕事のせいでずっと彼女に構ってやれてなかったから」

彼女、というのはもちろん侑依のことだ。

上手く使われてしまったな、と思いつつも彼に微笑んで見せる。

「西塔も、普通の男になったなぁ」

「もともと僕は普通だろ。また今度誘ってくれるのを楽しみに待ってる」

そう言ってひらりと手を振り、冬季は侑依の手を掴んで仲間たちに背を向けた。

歩き出して少し距離が空いたところで、侑依は大げさにため息をつく。

「誘いを断る口実に連れて来られたのね」

「人聞き悪いな。本当に君とは二週間会ってないだろう？　今日は会えて嬉しい」

そう言って微笑んだ彼に、侑依は思わず目を逸らしてしまった。

「やっぱり冬季さん、モテるね。私が奥さんだって嘘ついても、女の人が周りにたくさんいた」

あの後も、彼は相変わらず綺麗な女の人たちに代わる代わる話しかけられていた。男性も話しかけてきていたが、女性がそれを遮るという感じ。冬季は優しいから、誰に対しても分け隔てなく会話し、上手くその場を切り抜けていた。

「嘘にするつもりはない。侑依とはいつか、もう一度と思っている」

それに戸惑った侑依は、すぐに返事ができなかった。

「あ、あんなにモテモテの旦那様はいりません。浮気されそう」

彼の顔を見ていられなくて、プイッと顔を横に背ける。すると、冬季は繋いでいる侑依の手を持ち上げ、その甲にキスをした。

「浮気なんかしない。わかっているだろう、侑依」

わかっている。スマートに見えて、不器用なところのある人だ。侑依がいるのに、他の誰かと温もりを分けるような人ではない。

――侑依だって、彼としかしたいとは思わない。

そう言って、素直に彼の腕の中に入っていけたらいいのに……

自分のわがままで離婚したという事実が、どうしても侑依を躊躇わせる。

「わかってるけど……。冬季さんだったら、選べるでしょ？　最初に声をかけてきたストレートヘアの美人だって、お似合いに見えたし。他にも可愛い女の人がたくさんいたじゃない」

そう、彼の周りにはいつだってたくさん綺麗な人がいる。

冬季の隣に戻りたいと考えているのに、先ほどの光景を思い出した途端、つい可愛くないことを言ってしまった。

「好きな女から他の女をすすめられる。これほど酷い話はない」

いつの間にか、駐車場の前に着いていた。待ち合わせ場所に車で来た冬季は、会場近くの駐車場に車を停めていた。顔を上げると、彼は侑依を見つめている。

「僕を好きだと言いながら冷たい女だな、君は」

冬季は繋いでいた手を解いた。いきなり手を離されたうえ、彼の言葉が心に突き刺さる。彼と繋いでいた手を自分の手で包み、胸に当てた。

なんで思ってもいないことを口にしてしまうかなと、今更ながらに後悔する。

彼はリモコンキーで車のカギを開け、駐車場の料金を精算していた。

こんなことではダメだ。侑依は首を振って気持ちを立て直す。

意地を張ってもいいことはないと、彼に駆け寄った。

「駐車場代、私も半分出すよ」

「いいよ。侑依は生活大変だろ」

その言い方に、ついムッとしてしまう。

確かに侑依は彼に給料面で劣るけど、駐車場代くらい出せる。

そうやっていつも人の経済状況を……と、文句を言いそうになって、ぐっと堪えた。

その間に、精算を済ませた冬季が助手席のドアを開けてくれる。侑依は無言で車に乗った。

冬季の言うことは、いつも正論で、正しい。

彼に頼るのは簡単だけど、やはり侑依は意地が先に出てしまう。

「家まで送る」

「最寄り駅でいい。まだ電車動いてるし」

気付いたら、思った以上にきつい言い方になっていた。

何も言わずに車を発進させた冬季は、駐車場を出て大きな道へ入っていく。

「駅、こっちなの？」

景色を見ていると、街中（まちなか）から離れていっているようにしか見えない。

「ねぇ、冬季さん？」

だが、彼は返事をしなかった。そんな冬季を見て、侑依はため息をつく。

きっと今は口を利きたくないのだろう。

侑依は会話を諦めて、窓の外の風景をぼんやりと見つめた。

それから二、三十分くらい経った頃、車は海の近くの駐車場に停まった。すぐ近くに大きな橋が見える。駐車場には冬季の車だけで、他に停まっている車は見当たらなかった。

「冬季さん？」

エンジンを切った彼は、はぁ、と深いため息をついてハンドルから手を離す。

「君は僕の何が気に入らないんだ？　振り回すなよ、疲れる」

彼の言葉が、ぐさりと胸に刺さったような気がした。

「別に振り回してなんかない。疲れるなら、相手にしなけりゃいいじゃない」

反射的に言い返して後悔する。

冬季がそう言うのも当然だった。なぜなら、彼にその言葉を言わせたのは侑依の中途半端な態度のせい。だから、ここで傷付くのは間違っている。

侑依は彼の言う通り酷い女だと思う。

好きだと言いながら、彼に他の女性をすすめた。そうかと思えば、求められるまま身体の関係を続け、彼の好きにさせている。

侑依は唇を噛みしめ、彼から顔を背(そむ)けた。

「またそれか……お互い同じ気持ちなら、もう一度二人でやり直せるだろう？」

冬季の言葉は嬉しい。けれど、本当にやり直すことができるのか不安になる。

「でも、疲れたんでしょ？　なら、もう一度なんて無理なんじゃないの？」

言いながら涙が浮かんでくる。

なんで上手(うま)くいかないのだろう。侑依だって、彼の隣に戻りたいと思っているのに、口からは可愛げのない言葉ばかりが出てくる。

そんな自分を変えたいのに、どうしていいかわからない。

「その言葉だけを取るのは卑怯だ……君は、僕がどれだけ君を愛しているか、全然わかってない」

彼の手が伸びてきて、侑依の頬を撫でる。おもむろにシートベルトを外した彼は、身体を近づけながら侑依のシートベルトも外してくる。震える目蓋で瞬きをすると、唇を重ねられた。

「……っん！」

唇を吸われた後、強く噛まれる。血が出るのではないかと思ったが、手加減はされたらしい。

痛いほどのキスで開かされた口腔に、彼の舌が入ってくる。逃げる舌を絡め取られ、きつく吸われた。息もできないほどぴったりと合わさった唇から、濡れた音が聞こえてくる。

「ぁ……っ」

服の上から強い力で胸を揉まれ、セーターの下のシャツをスカートから引き出された。

いきなりの行為に驚いたが、侑依はそのまま冬季に身を任せる。

冬季の唇が侑依の首筋に強く吸いついた。

「んっ……あ」

身体に彼から愛された痕跡が残るのが、嬉しい。

けれど、彼のことを好きになればなるほど、苦しくなる。

キスをしながら、冬季は服の中に手を入れブラジャーのホックを外した。そのままゆっくりと侑依の胸を愛撫してくる。侑依は漏れそうになる声を必死に堪えた。

そうこうしてる間に、彼は侑依の胸から手を離しスカートを捲り上げる。そして両手をタイツとショーツにかけて、腿まで引き下ろした。

彼は侑依の左脚を持ち上げ、片方だけブーツを脱がせる。その脚から手早くタイツとショーツを脱がせて、侑依の脚を大きく開いた。

助手席のシートが後ろへスライドし、侑依は仰向けに倒される。上から見下ろしてくる冬季の綺麗な目と視線が合った。

「君を愛してる、侑依」

息を呑んで瞬きをした瞬間、堪えていた涙が流れた。

「疲れるけど、君が振り向いてくれるまで、僕は君を愛し続けるだけだ」

彼はどうしてそんなにも深く愛してくれるのだろう。侑依は嗚咽を零しながら両手で顔を覆い、溢れる涙を拭った。

「私にそんな価値、あるの？」

「価値があるかどうかなんて関係ない。ただ心が、君を求めてるだけだ」

そうして彼は侑依の足元に膝を付き、スカートを少しだけ捲って脚の間に顔を伏せた。

「あぁ……っ」

これを初めて冬季からされた時、羞恥と申し訳ない気持ちでいっぱいになった。

こんなに素敵な人が、決して綺麗とは言えない侑依の脚の間に顔を埋めているのだ。

それだけでも恥ずかしくて逃げ出したくなる。なのに、彼はいつも執拗にそこを愛してくるのだ。

温かく濡れた舌が、侑依の秘めた部分を何度も舐め上げる。そうかと思えば、敏感な突起を舌で転がされ、小さな音を立てて強く吸われた。

「やっ……あん」

侑依の腰が自然と揺れる。彼から与えられる刺激に感じすぎて堪らない。

下半身の疼きとともに、冬季を受け入れる場所が潤い、濡れて、蜜を滴らせていく。

「あ、も……冬季、さ……っ」

侑依の限界が近いのに気付くと、彼は脚の間から顔を上げた。微かに息を乱した冬季は、濡れた唇を指で拭い、スラックスのベルトを外し始める。

手早く前を開き下着をずらすと、すぐに反応しきった自身のモノを侑依の隙間に宛てがった。

押し込むようにして、奥まで一気に昂りを入れる。

侑依はそれだけで達してしまい、身体を震わせた。

「あ……あ……っ」

指先まで快感が行き届き、無意識に彼を締め付けてしまう。

「あまり締め付けるな……中で出そうだ……」

忙しない息遣いとともに冬季が掠れた声で言う。

侑依は彼を引き寄せてキスをした。

「出しちゃ、ダメ……お願い、冬季さん」

彼の上着の背に手を回し、ギュッと布地を握る。そうすると、彼の熱い吐息が耳にかかった。

「なかなか、難しい相談だな」

冬季は息を詰めて、侑依の中から自身をギリギリまで引き出す。そうしてすぐに奥まで押し込んできた。

「あ……あぁ」

身体を揺さぶられながら、中を擦る彼の存在の大きさを感じる。侑依は彼の腰を自分の脚で強く挟んだ。そうしないと、あまりの気持ちよさにすぐにまたイッてしまいそうだったから。

冬季は侑依の腕を解くように上半身を起こし、両脚を抱える。

「……ゴムしないで入れたの、冬季さんでしょ？」

「だからなんだ？　君との間を繋ぐのに、子供を作るのはいい方法だと思うが」

彼はそう言って、最奥まで自身を突き入れた。

「やっ……だめ！」

彼は今までこんなこと言ったりしなかった。結婚している時だって、まだ二人でいたいからと、ずっとゴムを使っていたのに。

「こうでもしないと……」

彼は苦しそうな表情で、侑依の身体を本格的に揺さぶり始める。水音を立てて中を刺激してくる彼に、侑依は小さく喘ぎ声を上げた。

だんだんと荒くなる互いの呼吸と、下腹部から広がる快感のうねりに翻弄される。彼に押さえ込まれ、激しく揺さぶられるのは、堪らなく気持ちよかった。

「君は、僕の気持ちが、わからない」

わかっている、と言いたい。でも、あまりの気持ちよさに言葉を発することができない。

だから、侑依の脚を抱える彼の手に、自分の手を重ねた。

侑依のその手を冬季が捕らえ、指を絡めて強く握る。

「君が好きだ、愛している。なのに、どうして離婚なんだ……っ」

どこか痛そうに、苦しそうに零される彼の言葉に、侑依の胸が締めつけられるように痛んだ。

直後、グッと深くまで腰を突き上げられた。

さらにそのまま丸く腰を動かされ、侑依の中が彼のモノで掻き回される。

「あぁ……っ」

堪え切れず、高い喘ぎ声を上げてしまう。

侑依は繋いでいない方の手でシートに爪を立て必死に声を我慢した。

けれど、その間も冬季は侑依の身体を揺さぶり続ける。熱く滾った冬季のモノが何度も侑依の中を出入りし、強く激しく突き上げてきた。

「冬季さん……っう……っん！」

彼が律動するたびに、濡れた音を立てる侑依の身体。

冬季は強く奥を穿ちながら、忙しない呼吸の合間に言った。

「僕は、離婚を決心させるだけの、何かを、君にしたのか？」

そんなことない、と言いたくなってしまう。

侑依の身体はこれ以上ないほど高まり、貪欲なまでに快感を得ていた。

けれど、彼の言葉に心は後悔で埋め尽くされる。

自分はどれだけ冬季を傷付けてきたのだろう。誰よりも大切な人を、これほどまでに苦しめていた事実に侑依の罪悪感が大きくなった。

「忙しさを理由にしすぎていたかもしれない、でも君という守るものができたから、僕は……っ」

さらに深く身体を押し付けた冬季は、一転、速いリズムで腰を打ち付け始めた。

「あ、あ……」

「どうしてだ……侑依っ」

絞り出すみたいな彼の声。もしかしたら、冬季も侑依と一緒なのかもしれない。

同じように離婚を悔やむ気持ちや、侑依の言動に対する不安を抱えている。

それを感じ取り、もうこれ以上、大好きな人を苦しめてはいけないと思った。

この人が好きだから、逃げずにきちんと向き合わなくてはいけない。

侑依が意地を張り続ければ、どんなに狡いと詰られても冬季の傍にいられるだろう。

でも、繋ぎとめるためにこんなことを続けるのはやっぱり良くない。きっと互いに後悔する。

彼が好きだから、愛しているから、侑依はここから一歩前に踏み出さなくてはいけないのだ。

激しく突き上げられ、快感が再びピークに達する。

侑依は大きく息を吸って、途切れ途切れに言葉を紡いだ。

「きちんと、いう、から……私の気持ち……だから……」

彼は大きく息を吸って、欲情した目で侑依を見下ろしてきた。

こんな素敵な人が侑依だけにこの表情を向ける。こんなに、侑依のことを欲しがっている。

そのことが、侑依の心を熱くした。

「冬季さん……お願い……中で……出さないで……」

どくん、と侑依の中で冬季の体積が増した気がした。堪らず侑依は、背を反らして震える。

「君は、本当に……酷い人だ」

彼はより一層激しく腰を使って、侑依を追い上げ始めた。彼から与えられる快感に悶え、侑依はあっという間に達してしまう。

けれど彼は、いつも侑依より達するのが遅い。だから達した後も、苦しいくらいの快感が続く。

侑依を揺らしていた冬季が、一際強く腰を突き上げた。直後、彼は中から自身を引き抜き、侑依のセーターとシャツを首元まで捲り上げる。

そうして、侑依の腹部から胸にかけて白濁を吐き出した。

肩で息をしながら、目を閉じてうっすらと額に汗を滲ませる冬季を見つめる。

しばらくして、冬季は軽く髪をかき上げながら、侑依の上から身体を起こした。

スラックスと下着を引き上げ、無言で後部座席に手を伸ばす。そして、ブリーフケースからハンカチを取り出すと、侑依の身体を拭いた。

「本当に、君は言うのか？　僕と別れた理由を」

じっと見つめてくる冬季に頷く。

彼は一瞬、目を閉じて眉を寄せた後、ほんの少しだけ笑みを浮かべた。

「引っ張り過ぎだ。君は強情で意地っ張りで、本当に困る」

侑依のわがままで苦しめてしまったのに、彼は侑依に言葉をくれる。優しい表情を向けてくれる。

本当にもう、自分の気持ちを隠し通せないと思った。

込み上げてくる涙を止められず、侑依は彼から視線を逸らす。

冬季はその涙を、そっと指で拭ってくれた。

「好きだよ、侑依」

彼は侑依の身体を優しく抱き起こし、そのまま強く抱きしめる。

侑依は涙を流して、ただ頷くことしかできなかった。

＊＊＊

車の中で性急に抱き合った後、侑依はアパートまで冬季に送ってもらった。

「ここはセキュリティが充分とは言えないけど、大丈夫なのか？」

侑依が住んでいるのは、駅からは離れているが、その分家賃の安いアパートだ。

もちろん、充分なセキュリティなどあるわけないし、住人はどちらかというと男性が多い。

「セキュリティが充分じゃなくたって、きちんと住めればそれでいいじゃない」

冬季の言う条件を加味していては、侑依の給料で住めるところなど、どこにもない。

侑依はそう言って、シートベルトを外す。すると彼も同じようにシートベルトを外し、侑依の頬を両手で包んだ。

「正直、何も聞かないまま帰したくないな。次に会った時、また君の気持ちが変わっているかもしれないし」

そんなことを言われても、と侑依は視線だけ下に向ける。

「ちゃんと言う。ただ、私にも心の準備があるの。だから……次の週末に、冬季さんの家で。できれば、どこかでご飯を食べて、それから、とか……」

冬季はため息をついた。この期に及んで、まったくもう、と思っていることだろう。

「君は出会った時から焦らすのが上手いな」

「え？　何、それ……」

眉を寄せて首を傾げる侑依に、冬季がフッと笑った。

「僕が君とセックスしたがっていると気付いていながら、一ヶ月以上も焦らした。ようやくＯＫが出た時、どれだけ興奮したか」

冬季と初めてセックスしたのは、付き合い始めて一月半くらい経った頃だった。

キスは一度目のデートから。会うたびに、どちらともなく求め合ってキスをしたが、身体の関係に進む勇気はなかなか出なかった。

大体、女は心も身体もデリケートなのだ。冬季のような美形とセックスすることが、どれだけ緊張を強いられることかわかってない。いずれはすると思っていたけど、そのために侑依は、入念に身体を磨いたり、下着選びに悩んだりと大変な思いをしていた。

焦らしていたというよりも、決心までに勇気がいっただけだ。

今でも忘れない。初めてした時の冬季は、思春期の若い男の子みたいだった。

元カレと別れて以降、侑依がセックスするのは実に七年ぶり。

ずっと男を受け入れていなかった身体に、焦れた彼を受け入れるのは正直、かなり大変だった。

それでも、キスをされて、全身で侑依が欲しいと言ってくる冬季に、怖くて恥ずかしかったけど、彼の全てを受け入れたいと思ったのだ。

「それは……確かに焦(じ)らしたかもしれないけど、でも付き合って一ヶ月くらいは普通だと思う。……そもそも、冬季さんみたいに素敵な人が、どうしてそんなに私のことを好きなのか、今でもわからないんだけど」

窺(うかが)うように聞いた侑依に、彼は微笑んで小さなキスをした。

そんな彼に、侑依は唇を噛む。彼は侑依がこの質問をすると、必ず微笑んでキスをする。そうして、答えをうやむやにしてしまうのだ。

「そうやって、いつも答えをはぐらかすのは冬季さんの方でしょ？　私はいつ聞いても、答えてもらえなかった」

だから余計に侑依は不安になってしまった。

「じゃあ、今度会う時に、僕も理由を話すよ」

顔を上げると、彼は再度侑依にキスをする。上、下、と交互に唇を吸い、最後に口腔(こうこう)に舌を入れて、一度だけ舌を絡(から)ませた。

「好きだよ、侑依。次の週末が待ち遠しい」

そう言ってくれる彼に愛しさが増す。

「じゃあ、冬季さん……またね」

彼は口元に微かに笑みを浮かべ、侑依から手を離した。

ドアを開けて車を降りると、彼は助手席側の窓を開け、侑依の名を呼んだ。

「金曜の夜に会えるのを楽しみにしてる。時間はまた連絡するよ」

侑依が小さく頷いたのを確認して、車が発進する。

角を曲がって見えなくなるまで、ずっと見ていた。

世の中にはたくさんの女性がいる。綺麗な人、雰囲気のある人、スタイルのいい人。笑顔が素敵だったり、いるだけで美しいと思える人だっているだろう。

そんな大勢の中から、侑依は彼に選ばれた。きっかけは偶然目が合ったという、それだけ。

「これまでだって、偶然彼と目が合った人なんてたくさんいたはずなのになぁ……」

ため息をつき、侑依はバッグから家のカギを取り出した。

侑依の部屋は一階の角部屋。一階の家賃は、ほんの少しだけ二階より安かった。

部屋のドアを開け、もう寝ないと、と考えながら思い出すのは冬季のこと。

額に滲んだ汗、落ちた前髪をかき上げる長い指、熱を帯びて湿った彼の肌。

侑依を愛する冬季は、初めて身体を重ねた時から変わらない。

全身で好きだと伝えてくるし、侑依の身体を隅々まで堪能している。なんというか、全身全霊をかけて抱いてくれている感じだ。

そんな彼を思い出すだけで、侑依の身体が自然と震える。

「あ……」

下半身が疼くのを感じて、侑依は頭を振って服を脱いだ。

そのまま浴室へ行き、まだ冷たいうちに頭からシャワーを浴びる。

だんだんと温かくなってくる水の温度に、侑依は目を閉じてその場にうずくまった。

「冬季さん……」

侑依は冬季が愛してくれた自分の身体を、強く抱きしめる。

彼は、離婚の理由を聞いて、どう思うだろうか。

完全に侑依のわがままで別れたようなものだ。

理由を聞いた途端、彼は侑依に呆れて怒るかもしれない。もし、それで侑依への気持ちが冷めてしまったらと思うと怖くなる。

それでも侑依は、今の関係から一歩踏み出すと決めた。だから彼に、全てを話す。

それは、これまで逃げ続けた自分の弱さと向き合うことだけれど、もう一度彼の傍にいるためには必要なことだと思うから……

不安は付きまとい、決心がくじけそうになる。

侑依は強く自分を抱きしめることでその不安に耐えるのだった。

# 9

次の週末が待ち遠しい——そう言った冬季と、侑依も同じ気持ちだった。

仕事中もなんとなくそわそわして落ち着かず、早く週末にならないかと指折り数える毎日。

彼と会えない日を寂しく感じてぼんやりしてしまい、優大に心配されることもあった。

こんなことは付き合っていた時以来だ。いつも彼のことを考え、顔を見るとドキドキしつつも疲れが癒やされる……そんな懐かしい時間を思い出す。

冬季に離婚した本当の理由を伝えるには勇気がいるから、心の準備をするための時間が必要だと思った。けれど、時間があったらあったで決心が鈍りそうになる。週の半ばには、いっそあの時に言ってしまえばよかったと後悔した。

そうして待ちに待った金曜日。彼は仕事を早く終わらせると言っていたけれど、八時を過ぎそうだと連絡があった。なので、八時半に待ち合わせをしている。

彼の仕事が忙しいのはわかっているけれど早く会いたいと思ってしまった。

離婚した理由を言って、果たして彼がどう思うか考えるとやっぱり逃げ出したくなる。

けれど、冬季ともう一度、胸を張って一緒にいられるようになりたかった。

あんなに酷いことをしておきながら、結局、冬季の気持ちに付け込んでいる感は否めない。

「ほんと、自分勝手すぎるよね……」

待ち合わせ場所に向かいながら、侑依は自嘲気味につぶやく。

街中で誰も聞いていないけれど、誰より自分が聞いていた。

侑依がどれだけ自分勝手で狡い女か、自覚している。それでも、やっぱり冬季のことは諦められなかったのだ。

侑依は立ち止まって、落ち込みそうな気持ちを立て直す。

そうしてバッグからスマホを取り出し時刻を確認した。

待ち合わせまであと三十分。ふとショーウィンドーを見ると、冬季に似合いそうなデザインの良いネクタイが目に入る。

そういえば、もうすぐ冬季の誕生日だ……と足を止める。

「せっかくだし……何か渡したいな……」

侑依は、思い切って目に留まったネクタイのお店のドアを開ける。ブランドものだけど、今日は構わない。浮き立つ心を意識しながら、彼に似合いそうなネクタイを選び始める。

彼はあまり明るい色を身に着けないし、持っているスーツはシンプルなものが多い。

そしてブルーが好きだった。

侑依は数ある中から、ブルー系の生地に赤い刺繍の入ったネクタイを選び、プレゼント用に包んでもらう。

思いのほか選ぶのに時間がかかってしまい、侑依は小走りで約束の場所へ向かう。そこにはすでに、冬季が待っていた。

侑依は深呼吸して心を落ち着ける。そして乱れた髪や服を軽く直してから、彼のもとへ一歩踏み出した。その時、一人の女性が冬季へ駆け寄っていく。

「え……」

背が高く、スラッとした印象の美人だった。彼女は嬉しそうに微笑んで冬季を見上げている。

今日の彼は、グレーのスリムなスーツに黒のチェスターコートを着ている。いかにも仕事ができそうな雰囲気をした抜群の美男子だ。

そんな彼に寄り添う女性は、流行の可愛らしい服装を上手に着こなした美人。

遠目から見て、二人はとてもお似合いに見えた。周りもそう感じているのか、あちこちから二人に視線が集まっている。

綺麗な彼女は親しげに冬季の腕に手を絡め、これ以上ない笑顔で話しかける。まるで恋人のように冬季の耳元に唇を寄せる彼女を見ながら、身体の中に重く冷たい渦を感じた。

侑依は、その場から動けなくなった。

二人は仲睦まじく見える。聞きたくないのに、お似合いだという周囲の声も聞こえてきた。

侑依があんな風にしたところで、あれほどお似合いには見えないだろうなと、冷静な部分で考える。

平凡な侑依とは別次元にいるような二人を、ぼんやりと眺めた。

「目がいいのも、困るよね……こういう時」

足元で何か音がして下を見る。いつの間にか持っていたプレゼント用のネクタイが、手から地面に落ちていた。

侑依はのろのろとそれを拾って、もう一度冬季の方を見つめる。

「好き、なんだけどなぁ……」

心の中にかつての気持ちがぶり返してきた。再び、負のループに囚(とら)われそうになっている。

でも侑依は、それを変えたいと思ってここに来た。

もう一度、彼の隣に戻るために、ここから一歩を踏み出そうと思って来た。

なのに目の前の光景で、こうも簡単にその決心が崩れてしまうなんて。

今の侑依には、冬季の名を呼んで二人に近づく勇気もない。

ギュッと目を閉じ、冬季に背を向けた。

あんなに今日を心待ちにしていたのに、どうしてこんなことが起こるんだろう。

冬季といたら今後も直面するだろう現実を再認識して、傷付いて。

彼を愛しているのに、こんなことにも耐えられない自分では、やっぱりダメなのではないか……

ここで勇気を出して、冬季のもとに行けたら何かが変わったかもしれないのに。

「私、こんなに弱くなかった……でも、冬季さんと会ってからはダメダメだ……」

とにかく今は、この場から離れたかった。

侑依は手にしていたネクタイをバッグの中に入れる。

赤い包装紙にかかった金色のリボン。クリスマス仕様の素敵なラッピングに心が浮き立ったが、今はもう、彼にこれを渡す日が来るのかさえわからなかった。

一人で駅に戻って、電車に乗る。ぼんやりと電車に揺られる間、何も考えられなかった。ただ、冬季と約束した時間だけがどんどん過ぎていく。

最寄り駅に着くと、自転車に乗ってアパートへ向かう。バッグの中に入っている手袋をしないまま、自転車をこいだ。

手が凍えるように冷たい。かじかむ手でアパートのドアを開けて中に入る。ノロノロとファンヒーターのスイッチを入れて、コートも脱がずに座布団に座った。

「寒い……」

もし彼と会っていたら、こんなに寒くはなかっただろう。

「冬季さん……」

侑依は両手で顔を覆(おお)い、そのまま目の前のテーブルに突っ伏した。

約束を破り、逃げ帰ってきてしまったことに後悔の念が湧く。

なんてバカなことをしたんだろう。

「また同じことの繰り返し？　変わるんじゃなかったの……」

冬季が好きだ。きっと彼以上に好きになれる人なんか出てこない。

侑依を愛していると言う、彼の言葉を信じているのに、どうして自分はこうなのか。

侑依は顔から両手を離して、額(ひたい)だけをテーブルに押し付けた。どのくらいそうしていただろう。バッグの中からスマホの着信音が聞こえてきて、ハッと顔を上げる。

急いでスマホを取り出すと、冬季からだった。

きっと、いつまで経っても侑依が待ち合わせ場所に来ないからだろう。じっとスマホの画面を見つめているうちに、電話は切れた。

スマホをタップして着信歴を見ると、すでに冬季から十回も着信があった。

きっと今も彼は侑依を待ってくれているのだろう。なのに、侑依はまた彼から逃げてしまった。

「……謝らないと」

侑依は、今日は急用ができて行けなくなった、と一言だけＳＮＳでメッセージを送る。そうして、スマホの電源をオフにした。

いつまでもこうして座っているわけにもいかず、立ち上がってコートをハンガーにかける。次に、溜まった洗濯物をネットに入れ洗濯機に入れた。

冬季の家とは比べ物にならないくらい狭い部屋だから、移動するのが簡単だ。ワンルームの、リビングと繋がった小さなキッチンの隣に洗濯機が置いてある。

この生活を整えるために、侑依は貯金をほぼ使った。新たな電化製品を揃え、小さなテーブルを買い、布団を買った。最低限のものしかないけれど、生活はなんとかなっている。

この部屋を見たら冬季はどう思うだろう。

そこで侑依は苦笑した。会う約束を破っておいて、結局は彼のことばかり考えている。

本当に自分は、いったい何がしたいんだろう……とまた自己嫌悪。

そう思いながら浴室へ行きバスタブに栓をした時、インターホンが鳴った。こんな時間に誰がと考え、すぐに冬季が来たのかもしれないと思った。彼は侑依の今の家を知っているから、侑依が来なかったら、ここに来ることも考えられる。

できるだけそっと玄関へ行き、ドアスコープから外を除くと、やはり冬季だった。

侑依は目を閉じて俯く。彼に会わせる顔がなくてじっとしていると、ドアを叩かれた。

「侑依、いるんだろう？」

冬季のことだから、優大に電話して侑依がとっくに仕事を上がっていると確認してきたのかもしれない。侑依は大きく深呼吸をして、ドアを開けた。

冬季は呆れた顔で侑依をしばらく見た後、無言で玄関に入ってくる。侑依は一歩後ろに下がって、彼がドアを閉めカギをかけるのを見ていた。

「約束を破るなんて、最低だな」

さらに一歩下がって、侑依は彼を見上げる。

「ごめんなさい。明日にでも、電話するつもりだった」

「は……？　明日？　約束は今日だろう？　僕は待っていた、君が来るのを。信じられないな、そんな女だったか？　侑依」

冬季が本気で怒っているのが伝わってくる。彼は喧嘩をすることはあっても、侑依にこんな風に怒りをぶつけてきたことはなかった。だけど、今は表情をなくし冷たい目で見つめてくる。

「上がらせてもらう。いいな？」

侑依が小さく頷くと、彼は靴を脱いで部屋に上がってきた。

彼の後に続き、丸い座布団を出して座るように促す。

「冬季さん、コート貸して。かけておくから」

「ハンガーをくれたら自分でする。そこにかけてもいいか？」

彼が指をさしたのはカーテンレール。その他に彼の服をかけられそうな場所はない。

侑依は頷きながら、彼にハンガーを渡した。彼がコートを脱いでいる間に、侑依は電気ポットに水を入れスイッチを入れる。

ドリップコーヒーをマグカップにセットして、沸いたばかりのお湯を注ぐ。コーヒーの入ったマグカップを小さなトレイに載せ、優大の妻からもらった焼き菓子を添えて冬季の前に置いた。

侑依も同じようにコーヒーを淹れ、彼の近くに座る。部屋が狭いため、ほぼ隣に座った状態だ。

「狭い部屋だな」

言うと思った、と侑依は心の中でため息をつき、コーヒーを飲んだ。

「外、寒かったでしょう？　コーヒー、飲んで」

「君が待たせるから寒かったよ。一週間前、君は僕と別れた理由を話すと言った。こんなことなら、君のお願いを聞いてやるんじゃなかった」

冬季はコーヒーを飲みながら、小さく息を吐く。

「なぜ今日来なかった？」

先ほどまでの怒りを抑えた冬季に問いかけられ、侑依は俯いた。

きっと冬季は、きちんとした話を聞かない限り帰らないだろう。

侑依は意を決して口を開く。

「約束した時間に、ギリだったけど、ちゃんと行ったの……でも……」

冬季は何も言わず、じっと侑依を見ている。

やっぱり彼は整った容姿をした素敵な男性だ。まるでファッションブランドのモデルみたい。

そんな彼に、声をかけていた女性もまた、モデルのように美しかった。

初対面ではなさそうな、気安く親しげな様子が、今も侑依の心を乱す。

「冬季さん、女の人と話してた。凄く、親しそうに腕を組んだりして……」

変わろうと思った。だけど、また同じかもしれないと思ったら声をかけられなかった。

「あれは、以前担当したクライアントだ。何の関係もない」

「でも、彼女、冬季さんのこと好きだよね？　一目見てわかったよ。……いっつもそう。冬季さんの周りには、女の人が絶えないの」

侑依の言葉に彼は眉を寄せた。そして、少し横を向いてため息をつく。

「なんだ、そんなこと……」

「そんなことじゃない！　凄くキレイな人が、冬季さんの腕に手を置いて……。なんでもないってわかってても、ああいうの見たら無理って思っちゃう」

侑依は気持ちを落ち着かせようと、一度肩で大きく息をする。

前に進みたいのに、後ろ向きなことばかり言う自分は本当に矛盾している。いったい何をどうしたいんだろうとわからなくなりながら、膝の上でギュッと手を握りしめた。

「いつも冬季さんの周りには、素敵でキレイで、可愛い人がたくさんいる。バレンタインには本命チョコが何個もあったし、スーツのポケットに女の人の名刺が入ってるなんてしょっちゅうだった。それは冬季さんが素敵だからしょうがないと思う。でも、私は結婚していても、冬季さんが自分のものになったと思えなかった」

吐き出すように一気に言った侑依は、彼から視線を逸らして俯いた。

離婚を考え始めた、最初の感情。

冬季は侑依の夫なのに、そう思えなくなっていった。

彼が好きだと言ってくれる言葉に嘘はないとわかっている。でもそれは理解という範囲で、いつか誰かに冬季を取られてしまうのではないかという不安がずっと心にあったのだ。

彼が浮気なんてしないこと、侑依だけだということは充分わかっていた。

だけど、彼の周りにはとにかく誘惑が多い。そのことが気が気でなかった。いつかもしも、ということだって人間ならあり得ると思ってしまったのだ。

「好きな人が、もし誰かに取られたらって、ずっと思ってた。冬季さんが私を好きだとわかっていても、周りはあなたを放っておかない。大企業の顧問弁護士なんてしていたらなおさらだよ」

隣に座っている冬季の顔が見られない。いや、彼がどんな顔をしているか見たくない。理不尽に彼を詰(なじ)っている自分は、きっと酷い顔をしているだろうから。

冬季は深く息を吐いて自分の額(ひたい)を撫でる。しばらくそうして目を閉じていたが、気を取り直したように顔を上げ、侑依に言った。

「それが離婚の理由？」

いつもより少し低い声でそう言われた時、無意識に侑依の身体が震えた。本当は、こんな風に喧嘩腰で言うつもりはなかったのに。侑依はいつもそう、後悔しても後の祭りだ。

「そうだよ。いつも気が気じゃなかった。……自分がもの凄くブスだとは思わない。仕事にだってプライドを持ってる。あなたに愛されていることに自信がないわけじゃなかった。でも……冬季さんといて、いつの間にか私なんかって思ってる自分に気付いたの……」

泣きそうだと思った時、彼の手が頬に触れる。そのまま大きな手で包まれた。

「何度も言うが、僕には君だけだ。君しか見ていない。なんでそんなことを思う？ 侑依は、いつも笑顔で、可愛くて、気が利いていて……嫉妬していたのは僕も同じだ。あの会社は男ばかりだから、僕も気が気じゃなかった」

侑依を見つめてくる彼と、目を合わせられない。

「坂峰優大にはいつも嫉妬してた。君たちは仲が良すぎだ。あいつが結婚した時、どれだけ安心したか。君こそ、そんな些細なことを気にして、それだけで離婚したなんて、信じられない」

些細なことと言われて、侑依の感情が爆発した。

自分にとっては、本当に悩んで苦しんで涙を流すほどのことだったのに、冬季らしいストレートな言葉が頭にくる。

「些細なことじゃないよ！　私にとっては、大きなことだった」

「ああ、そうだな。僕に離婚まで突き付けて。あんなに泣いて損をしたと思わないのか？」

侑依は下唇を噛んだ。悔しくて悲しくて再び涙が溢れてきた。

彼は一度目を閉じてから、また侑依を見つめてくる。

「僕は君を愛しているのに、君は僕を信じてくれなかったということだろう？」

「信じてたよ、信じてた！　なのに、泣いて損をしたなんて、酷い！」

確かに侑依はバカなことをした。それで冬季を苦しめ、迷惑をかけた自覚はある。だから、泣いて損をしたという彼は正しいかもしれない。

でもあの時は、そうするしかなかった。彼の傍にいると、もう自分が自分でいられなくなりそうだったのだ。

「酷いのはどっちだ。愛していなければ、離婚をした後も君を抱いたりしない！」

侑依の言葉に強く言い返した冬季は、侑依の頬から手を離した。テーブルの上で拳を作り、しっかりと視線を合わせてくる。

「僕は弁護士だ。離婚訴訟を何度も見てきている。どちらが正しくても悪くても依頼された相手が有利になるように動いてきた。だがその分、結婚願望はなくなった。だから僕は、付き合っている相手に、楽しい時間を過ごす以上のことを求めなかった。結婚は、コストパフォーマンスも悪いし、ずっと他人と顔を突き合わせて暮らすなんて、不可能だと思っていた。そんな僕の前に、君が現れたんだ」

侑依の頬に伝う涙を両手で拭って、また頬を包んでくる。その温もりは、侑依が心から求めるものだった。

一度手放してしまった、大切なもの。もう一度欲しいと願ったもの。

「目が合った時、君を可愛いと思った。もちろん、その時は楽しい恋愛ができる相手だったら、さらにいいと思って声をかけた。でも、自分から連絡先を聞いたのは、初めてだった」

濡れた目を瞬いて冬季を見ると、柔らかく微笑まれる。

彼の言葉はありえないと思った。だって、冬季はどんな女性でも選り取り見取りで、男性もどこか羨望の眼差しを向けるような人。確かに少し不器用なところはあるけれど、そんなの関係ないくらい素敵で魅力的な男性なのだ。

「そんなの、嘘っぽいよ」

口ではそう言いながらも、彼の言葉に心臓が高鳴ってくる。

「嘘じゃない。僕は結婚なんて、どうでもいいと思っていた。たかが紙切れ一枚にサインしただけで、良くも悪くも互いの人生が決まってしまうなんてゾッとする。だから恋愛も慎重にしていたんだ。もし僕が結婚するとしたら、本当に好きな人と。心からずっと一緒にいたいと思える人が現れたらだろうと考えていた」

侑依の新たな涙を親指で拭って、額を侑依のそれにくっつける。

そんなことは初めて聞いた。冬季がそんな風に思っていたなんて夢にも思わなかった。

「君とは喧嘩もした。原因は本当に些細なことばかりで、君はちっとも僕の思うようにはならなかった。口に入れた飴をすぐに噛んだだけでせっかちと言われたり、言い方が冷たくて嫌だと言われ、その後口を利いてもらえなかったり。嫌いなものを除けていたらひとつは食べろだとか、君は僕の母親でもないのに」

そうして少し声に出して笑った彼は、額を離して侑依を見つめてくる。

「なんでこんなに喧嘩するのかと思った。でも、君が笑うと自然と僕も笑顔になった。手を繋ぐと離したくなかったし、キスをした時は、自分を抑えるのに必死だった。今でも、思い出すことがあるんだ。侑依と初めてセックスした日のこと」

侑依が頬を染めて瞬きをすると、冬季は侑依の頬から手を離した。それから侑依と両手を繋いで顔を上げる。

「あの時も、君が抱いていいと言うまで、僕は待っていた。ホテルのベッドで、お互いシャワーを浴びたバスローブ姿。さんざん焦らされたと思っていたのに、そこまでの期間は思ったより短かった。……ようやく君を自分のものにできた時、僕の中に、この人とずっと一緒にいたいという感情があった」

冬季が侑依を抱きしめる。そして頭の後ろを撫でて侑依の額にキスをした。

そこで侑依は、ようやく気付いた。

今彼が話しているのは、侑依のどこが好きか、という質問の答えなのだ。

彼の言葉が嬉しい。こんな風に思ってもらえていたことが泣きたいくらい嬉しい。

侑依は目頭を熱くしながら、続く彼の言葉に耳を傾ける。

「それからは、君との結婚について自問自答を繰り返した。侑依と些細なことで喧嘩したり、楽しいことがあると笑い合ったりする日々が愛しかった。こんなにも自分が、人を愛しいと思えるなんて思わなかった。君を抱くたびに離れがたかった。ずっと自分の傍にいて欲しいと、心から思った。……それに気付いてからは、君と結婚することしか頭になかった」

冬季の告白に胸が震えた。彼の言葉は、不安の残る侑依の心に強く響いた。

同時に、そんな風に思ってくれていたなら、結婚している時に言って欲しかったと思ってしまう。

しかし、彼は伝えてくれていたのかもしれない。侑依が気付かなかっただけで。

結婚した後も、冬季は仕事で帰りが遅くなることが多かった。けれど、週末はできるだけ家にいてくれた。たとえ土日に仕事をしても、夜は早く帰ってきて侑依と一緒に夕食を食べていた。

そこで仕事はどうだったか聞いても、彼は『大丈夫』もしくは『変わりなかった』、としか答えなかった。それは仕事の守秘義務からだろうと思っていたけれど、侑依のいる家に仕事を持ち込みたくなかったのかもしれない。

いろいろ話をする時間は少なかった。けれど、彼はそれを埋めるべく、週末はできるだけ早く家に帰ってきていたのかもしれない。

『侑依とは楽しい話がしたい。君こそ、今日はどうだった？』

彼はそう言って、侑依に質問を返してこなかったか。

それに、夜遅くに身体を求められると、次の日が辛いから嫌だと言った侑依に、彼はにこりともせず、悪びれることもなく言った。

『君が隣にいる状況では無理だよ。夫婦のコミュニケーションとでも思ってくれないか』

なんだそれは、と思った。自分勝手に感じる彼の言葉に、腹を立てた覚えがある。

けれど、今の彼の言葉を聞いた後では、ただ侑依を好きだと言っていただけなのかもしれない。

気付かなかったこと、わからなかったことがたくさんある。

離婚した後、こんなに時間をかけて理解するなんて、本当にバカみたいだ。

思い出せば思い出すほど、彼は侑依を大切にしてくれていた。

涙が目から零(こぼ)れ出る。一度溢(あふ)れてしまうともうダメで、とめどなく頬を流れていった。

彼が好きで堪(たま)らない。

反省や後悔は尽きないけれど、もう一度、彼の傍で一緒に暮らしたいと思った。

「君の離婚理由は些細(ささい)なことだ。クライアントはただの仕事相手で、話をするのもビジネスだからだ。特に僕は言い方がきつい時があるから、せめて笑みを浮かべていないと、円滑(えんかつ)に仕事ができなくなる。この顔は仕事の役に立つが、君はそれが気に入らないんだな」

はぁ、とため息をついた彼は、目を伏せる。だが、すぐに視線を上げて侑依を見つめた。

「気に入らないとか、そんなことじゃない」

「じゃあ、なんだ？　何が言いたい？　姿形を変えろと言うのか？　僕は君のものだと、言葉は少なかったかもしれないが、伝えていたつもりだ」

「だから、違う、そういうことじゃないの！」

侑依はどこまで彼を傷付けてしまったのだろう。

意地を張って、お互いを前に進めなくしているのは侑依だ。

どうしたらいいかなんて、答えは出ている。

「冬季さんが、冬季さんじゃなかったら、私は結婚してないよ……いつも素敵で眩しくて、でもいくら正論でも言い方がストレートすぎて時々ムッとしちゃうけど。でも私は、あなたの手を離すべきじゃなかった。……冬季さんは私のものだと、もう一度言いたい」

鼻をすすり、侑依は目尻に溜まった涙を拭って、冬季を見つめる。

「これからもきっと……冬季さんといたら、私の悩みは尽きないと思う。でも、もう私、自分の気持ちに嘘はつけない」

言葉とともに、抑え込んできた気持ちが溢れ出してくる。

冬季が侑依を愛しているように、侑依もまた冬季を愛していると。

ずっとわかっていたことなのに、これまで侑依は、辛くて離れることばかり考えていた。ただ自分が楽になりたくて、彼の気持ちを考えてこなかった。

「もう一度、冬季さんの隣に戻りたい。たぶん、また同じところに躓くかもしれないけど、その時は私を……」

侑依は一度言葉を切って、また浮かんできた涙を拭って彼を見上げる。

「いっぱい愛して欲しい。私が不安な気持ちや、疑う気持ちを杞憂だと思えるくらいに」

冬季は、侑依の言葉にしばらく黙っていた。それから、おもむろに自分の目を手で覆い、笑った。

「そんなの、造作もないことだな」

言った後、彼は目を覆っていた手を伸ばし侑依の身体を引き寄せてくる。

「君を、もう一度僕のものにしたい。すぐにでも復縁しよう」

少ない言葉ながら、最大限に侑依を受け入れてくれた冬季に胸が熱くなった。けれど、どうしても躊躇う気持ちが出る。

「……それは……」

すぐに復縁はできないと思った。彼の母親からは二度と会うなと言われているし、両親もなんと言うかわからない。それに、また冬季に迷惑をかけるだろう。

お互い成人しているのだから、と冬季は言いそうだけれど、侑依は少しでも周囲に納得してもらってからという気持ちがあった。

返事を濁す侑依に、冬季が観念した様子で微笑んだ。

「わかった……でも、僕のものになってくれるんだな？」

侑依が頷くと、冬季に強く抱きしめられる。

「好きだ、侑依。もう二度と別れの言葉は聞かない」

彼の言葉に何度も頷いた。そして、侑依も冬季に言った。

「わかってる。きちんと、わかってるから。……本当にごめんなさい、冬季さん」

冬季は、侑依の言葉を呑み込むように深く唇を合わせてきた。

そのまま、彼は侑依を押し倒す。

彼を知りすぎている身体は、それだけですぐに疼いてしまう。

「侑依、好きだ。君を愛している」

優しく抱きしめられてキスをされる。

侑依はその背を強く抱きしめた。

10

冬季が侑依を床に押し付けるようにして、荒々しくキスをしてきた。

「侑依……侑依」

キスの間に名を呼び、唇を噛んだかと思うと水音を立てて吸った。彼の舌が侑依の唇を割り、口腔に入ってくる。

「ん……っ」

熱く濡れた舌の感触は、それだけ官能に満ちているのかもしれない。

侑依の舌と自分のそれを水音を立てて絡め、何度も角度を変えては隙間なくぴったりと合わせてきた。

唇をずらす合間に息をするけれど、あまり意味をなさないほど、冬季は侑依の唇を貪ってくる。

「あ……冬季さ……っん」

風呂はおろか、シャワーも浴びていない。この間、車内でした時のようだと思いながら、スカートからシャツを引っ張る彼の手を軽く掴んだ。けれど侑依の抵抗をものともせず、性急に服を脱がしていく。

スカートのボタンを外し、下着と一緒に一気に取り去る。下半身だけ裸にされて、冷気を感じるとともに羞恥心が湧き上がってきた。

「や……っ」

顔を赤くして脚を閉じると、冬季はそんな侑依の脚を割り開いて自分の身体を入れてくる。スーツの上着を脱ぎ、ネクタイに指をかけた。

街中で彼を見た時、凄くカッコイイスーツ姿だと思った。だが、その恰好が少しずつ崩れていくのを見るのは堪らなくドキドキする。

彼はネクタイを引き抜きシャツのボタンを外していく。ベルトを緩めスラックスのボタンを外したところで、再び侑依の服に手を伸ばした。

「冬季、さん、待って……っ」

彼はセーターに手をかけて捲り上げ、下に着ているインナーごと脱がせようとしてきた。

「手を上げろ、侑依」

「私だけ……裸になっちゃう、よ」

まだキスしかしていないのに、身体が興奮しているのがわかる。下腹部は疼きを増していて、きっとすでに濡れ始めているだろう。脚を閉じたくても、冬季がいるからそれもできない。

「そうしたいから、服を脱がせてる」

冬季の声は艶があり低く掠れていた。耳元で囁かれるだけで、侑依はぞくりと感じてしまう。

彼は侑依の手を上げさせて、セーターとインナーをまとめて脱がせる。そして最後に残ったブラジャーも取り去り、全裸にしてしまった。

それから、侑依の臍から上へと手を這わせていき、胸の間で止める。

「君の裸が好きだ。本当はいつもこうして眺めていたい。でも、僕は侑依の裸を見るとすぐに欲しくなる」

彼は両手を侑依の胸の上に置いて、撫でるように揉んだ。

「君の言う素敵な男は、ただ君だけに夢中になって、腰を振って快感を追う恰好悪い男だ。こんな僕に、君以外の誰かを思うことなんて、できるわけない」

はぁ、と重いため息をついた彼は、シャツを脱いだ。侑依の脚の間に指を這(は)わせて、すぐに中を探ってくる。

「あ……っ」

「もう入りたい、侑依……」

そう言ってブリーフケースを引き寄せ中を探る。中から出てきたのはコンドームの箱。彼は性急に中身を取り出し、スラックスと一緒に下着をずらした。

下着から出てきた彼のモノはすでに反応しきっていて、大きく張り詰めている。ゴムを着ける間に、さらに大きくなったような気がした。いきなり、あんなに大きなモノが入るだろうか。まだ大して触れられてもいない自分の中が心配になる。

けれど侑依は、彼とのセックスを知っていた。身体が彼を覚えている。

心配だけど、不安だけど、こんな風に彼を受け入れるのは初めてではない。

だから、コクリと息を呑んでその瞬間を待つ。侑依の隙間に彼が自(みずか)らを宛てがった時、できるだけ息を吐いて身体の力を抜いた。

ズッと音がしそうなほど一気に入ってきた冬季に、侑依は小さく喘(あえ)いだ。

「狭いな、侑依……気持ちいい」

奥まで隙間なく受け入れた彼のモノに、侑依の中はすぐさま順応し始める。

確かな質量をしっとりと包み込み、柔らかく潤いを増していく。

「は……っあ」

冬季が侑依の身体の横に手をつき、身体を揺さぶってくる。上下に身体が動き、一緒に胸も揺れるのを感じた。

身を屈めた冬季がそこに唇を寄せ、乳房を吸う。両手で揉み上げながら彼が覆いかぶさってきて、その重みに侑依の息はさらに上がった。

「あっ……っん」

鼻にかかった息を吐き、同時に小さな声が出てしまう。

冬季は覆いかぶさったまま侑依を抱きしめ、忙しない息を吐きながら腰を使っている。

「好きなんだ、侑依。君の身体を知った僕が、他にいくなんて、誰かと、恋愛なんて、考えられない」

やや途切れ途切れに言ってくる冬季の身体が熱い。密着している胸はしっとりと汗ばみ、少し速い心臓の鼓動が肌から直に伝わってくる。

彼の指の感触、抱きしめる腕の温かさ。侑依の身体には、隅々まで冬季の存在が染みついている。そんな状態で、侑依も彼以外の誰かを愛するなんて無理だと思っていた。

冬季もまた、侑依と同じなのかもしれない。

「私が好き？」

こういう言い方は、狡いと思う。けれど、聞かずにはいられなかった。

「好きだと言っただろう。君以外と、こうして身体を繋げる気はない」

冬季が一際強く、侑依の中を突いた。

「ん……っう」

爪の先まで痺れるような快感に、侑依は足の指先を丸め彼の背中に爪を立てる。自然と腰が反って、隙間から蜜が溢れ出てくる感じがした。

「冬季さ……っあ、いい、気持ちい……っ」

愛撫なんかほとんどされていないのに、繋がった下半身が堪らなく気持ちよかった。

こんなのは冬季だけだ。どこをどうされても、侑依は彼の身体に順応する。そして、喘ぎ声を上げ快感を得てしまうのだ。

侑依の身体は、彼ゆえに——

「も……っと、して」

彼の背をギュッと抱きしめる。

冬季は侑依の耳の後ろにキスをして、床から身体を抱き起こす。

「こんなに、君だって僕を欲しいと言っている。いつもそうなのに……っ」

彼は侑依の腰をグッと引き寄せ、さらに奥まで自分のモノを届かせる。これ以上ないくらいに奥まで入ってきた冬季に、侑依は全身を痙攣させた。

「は……っあ……っん！」

侑依は頭が焼き切れるほどの強い快感を手放し、達した。けれど彼は、侑依の中をさらに刺激し、追い詰めてくる。

「も……ダメ……っや」

「何がダメだ？　僕はまだ、イッてない」

再度身体を床に押し倒した彼は、上半身を起こし侑依の脚を抱える。

「君はこんなに狭く、切なく僕を求めるくせに」

冬季も限界が近いのだろう。

先ほどより強く速く、侑依の身体を揺さぶってくる。中を出入りする彼のモノが、さらに大きくなった気がして侑依は堪（たま）らなくなった。

「冬季さん……冬季さ……っん」

何度も彼の名を呼ぶと、より一層動きが速くなる。

すぐに二度目の快感の波が襲ってきて、脚を抱える彼の手に自分の手を重ねた。そうすると身体を二つに折りたたまれるようにして彼が侑依の上に覆（おお）いかぶさってくる。角度を変えながら再び冬季のモノが最奥（さいおう）に行きついた。

「あぁ……っ」

「……っん」

彼は小さく呻いて、強く突き上げた。そうして腰を震わせながら何度か奥を突き上げた後、完全に動きを止める。

いつの間にか閉じていた目をそっと開けると、冬季が肩で息をし、こめかみから汗を滴らせていた。部屋の温度はそこまで高くないのに、行為で熱くなった証拠だ。

彼は手で軽く汗を拭って、侑依を抱きしめる。そのまま横抱きにして、再び脚を持ち上げながら身体を密着させた。

「あ……」

まだ硬さを保ったままの彼が、侑依の中で動く。目を細めて脚に力を入れると、冬季が唇に軽くキスをしてきた。それを何度か繰り返し、彼の手が侑依の腰を抱きしめ、一度揺らした。

「冬季さん……また、する？」

「ああ。その前に、ゴムを替えないと」

ふう、と息を吐いた彼はゆっくりと中から自分のモノを引き抜いた。

そうしてゴムを外し、新たなものに手を伸ばす。

「部屋が狭いといいな。ゴミ箱が近い」

彼の放ったものを見て、心臓が高鳴ってしまった。使ったゴムを捨て新たなパッケージもゴミ箱に入れるのを見ていると、彼はその視線に気付いたのか微笑んだ。

「どうした、侑依」

その笑顔が、好きだと思う。

だから侑依は彼の頬に手を伸ばし、唇に吸い付いてゆっくりと離した。

「私は、冬季さん限定で、嫉妬深くて、弱い……だから、そうやって気持ちよくなって出すのは、私だけにして。今度は、きちんと信じるから。これからはずっと、冬季さんのものになるから。セックスも欲しいだけしていい……ずっと、私をあげる。だから私も、冬季さんが欲しい」

侑依の言葉に、彼の方からキスをした。そうして腰を撫で、鼻をすり寄せてくる。

「僕はずっと侑依のものだ。君が欲しいだけ僕を求めるといい。僕はいつでもそれに応える」

冬季は頬にキスをして、鼻の頭にもキスをする。

「すぐに復縁は無理と言うなら、待とう。君が気にする問題を解決できるように、僕も努力する。だから君も、誰に反対されても、また西塔侑依に戻ると約束して欲しい」

真剣に見つめられ、侑依は頷いた。

彼は口元だけに笑みを浮かべ、侑依を抱きしめる。彼の肩に顎をのせ、身体をすり寄せた。

「もし両親が反対しても、周りが何か言ってきても、僕も君も大人だ。最悪、駆け落ちしたっていい。そう考えるくらいには、君とずっと一緒にいたいと思ってる」

彼の言葉に侑依は笑った。そうすると彼も微笑み返す。

「君は笑うけど、本気だ。君を求めるこの感情は上手く説明できないけど、それが恋だと思う。好きな理由をたくさん語ったところで実のないことだし、全て伝えきることなんてできない」

彼は侑依の頬を撫でて、自分の頬を寄せてくる。

「ただ、どうしようもなく好きだと思う。だから、自然と身体が欲しくなる。君は僕に本当の恋を教えてくれた。結婚なんてという考えを覆したのは、君が君だからだ」

冬季ほどの人なら、きっと相手は選り取り見取りだと、今でも思っている。けれど、彼が語った恋とは、侑依と出会い別れを経たことで得たもののように感じた。そして、同じ感情が侑依の中にも確かにある。

「侑依、君を愛してる。この感情に、言葉なんて無意味だ」

冬季の言葉に侑依は頷いた。

この人を好きになってよかったと、心から思う。

こんな恋をすることはきっともう、二度とないだろう。手を離した侑依を許し、愛してくれるのは冬季しかいない。

彼は再び覆いかぶさって、侑依の身体に体重をかけてくる。すぐに唇が重なり、舌が絡まってきた。それに応える侑依は、思うようについていけなくてあっという間に翻弄されてしまう。

「ふう……っん」

鼻にかかった甘い息を吐き出すと、彼が胸を揉み上げてきた。ゆっくりと乳房を回すみたいに揉み、脇腹を撫でたところで、なぜか彼は動きを止めた。

「ところで、君はどこで寝てる？」

不意に聞かれて、侑依は顔を上げた。

行為を途中でやめられて多少不満に思いながらも、侑依は目線を上げて言った。

「あそこ、だけど」

指をさして教えると、彼の目が丸くなった。

「ロフト……？」

「そう。布団は軽く上げてるけど……いつも上ってるの」

冬季はため息をついて、頭を抱えた。

「どうしたの？」

「……いや、このまま床でセックスするのは、背中が痛いだろうと思って。だから、布団に移動しようと思ったんだが。ロフトって……」

再度ため息をついた彼は、侑依の背中を撫でた。

「前に一度、床でしたら背中に青痣ができただろう？」

冬季に言われて、侑依はそういえば……と、その時のことを思い出す。

冬季のマンションからは、毎年花火が見える。二人でそれを見ていたらいい雰囲気になり、そのまま窓の傍の床でした。確かにその後、背中に痣ができて痛かったのを覚えている。

「じゃあ、上に行く？」

彼は手にしていた、まだ使っていないコンドームをゴミ箱に捨てた。

そうして侑依を優しく抱き起こす。

「風呂に入ろう」

「一緒に？」

頷いた彼を、侑依は申し訳なく見上げる。

「でもここ、ユニットバスだよ。冬季さんの嫌いな……」

冬季は脚を伸ばして風呂に入りたい人だ。だから、彼のマンションのバスタブは大きい。

「……密着できるってことで我慢する」

そう言って侑依を立たせて、風呂の位置を聞く。そして、彼はまた呆れたような顔で笑った。

「風呂まで数歩。世話のない家だな。とはいえ、この狭さは、やっぱりいただけない」

「そう言われても、今の私にとってはここが精一杯の家なんだけど！」

「わかってるよ。別に、いただけないと言っているだけだ」

「だからそれが余計だよ」

ムッとして頬を膨（ふく）らませると、彼の指先で頬をつつかれた。

「可愛いよ、侑依。君のオールヌードは下半身に響（ひび）くから、早く風呂に入ってロフトでもう一戦したいところだ」

彼は身に着けていた、スラックスと下着を次々脱ぎ捨てていく。

「……っ」

「どうした、侑依？　僕の裸なんて見慣れているだろう？」

クスッと笑った彼は惜しげもなく、侑依に裸身をさらす。程よく筋肉のついた、整った身体。脚も長く、思わず腰のあたりに目線がいきそうになってしまう。

すぐに彼は、侑依をお姫様抱っこして浴室へと入る。

侑依を下ろしドアを閉めた彼は、シャワーカーテンを閉めて湯を出すと、先にバスタブの中に座った。

「侑依」

そう言って、バスタブの脇に立つ侑依に手を差し出してくる。

彼は細身だが背が高く案外しっかりした身体付きをしているので、すでに狭いバスタブの中はいっぱいだ。もちろん侑依のスペースがないわけではないが、かなり密着することになる。

もう一度名を呼ばれ、躊躇いながら中に入り、彼に背を向けて座った。

少しずつ湯が溜まっていくのを、ドキドキと心臓を高鳴らせて見ている。

「少しだけ触る」

そう耳元で言われて、侑依の胸が背後から伸びてきた手に揉まれた。

「あ……」

「狭いのも、こうして触れ合えるという点ではいいな」

触れ合いって、と思いながら彼の手が侑依の胸を覆っているのを見つめてしまう。

「触る、だけよ？」

「ああ、もちろん。触るだけだ」

クスッと耳元で笑った彼は、胸のピンと張った部分を指で摘まんだ。

侑依の身体はそれだけでビクリと震えた。

冬季はそんな侑依の反応をより引き出そうとするように、大きな手で身体に触れる。

侑依は浴室に響く自分の声を聞きながら、堪らない疼きを感じるのだった。

＊　＊　＊

背中が温かいと思って目を開けると、すでに辺りは明るかった。身体に微かな重みを感じて、腰に巻き付いている大きな手を見てひとつため息。

昨夜はこの部屋で初めて冬季と愛し合った。

最初はリビングとは名ばかりの部屋の床で、二度目は狭いユニットバスの中で。侑依は彼に蕩かされて何度も達した。

三度目は風呂から出て、彼が近くに停めた車からお泊まりセットを取ってきた後だ。彼は仕事が遅くなると事務所に泊まることもあり、スウェットを常備しているらしい。着替えて、互いにロフトに敷いたシングル布団に一緒に横になった。

彼は狭いと文句を言いながらもすぐに侑依の下肢に手を伸ばしてくる。ソコを目一杯蕩かせた後、ゆっくりと侑依の隙間に自分のモノを挿し入れた。

背後から身体を揺さぶられ、最後には腰を持ち上げられ、お尻を突き出すような体位で終わった。

そんな昨夜の名残が、ゴミ箱として使っているペーパーバッグから溢れている。

彼がゴムを使ってくれたのは知っているけど、まさかこの部屋であんなに何度も抱き合うとは思わなかった。これから家に帰ってくるたびに思い出しそう。

侑依は布団を引き寄せため息をつく。すると、彼の手に力がこもり侑依の腰を引き寄せた。

「何のため息？」

寝起きの声は少し低い。耳元に息がかかって、くすぐったさに首を竦めた。

「ただの呼吸」

「そうか」

冬季はそう返事をして、侑依の腹部から胸へと手を這わせてくる。

「冬季さん……ちょっと、もう、そんなに触らないで」

朝からエロい雰囲気。今日は休みだけど、朝からこんなことをするなんて、と焦ってしまう。

結婚生活をしていた時は、寝起きに触れ合っているうちに、セックスへ発展することもあった。

いつか復縁をすると約束した今は、夫婦も同然なのかもしれないけど。

「いいだろう？　嫌じゃなさそうだ」

彼は耳の後ろにキスをし、うなじにもキスをしてくる。

「ダメ……やだ……冬季さん、もう、エロ魔人」

胸を揉む彼の手を止めるべく、腕を掴んでそう言うと、クスッと後ろで笑われた。

「侑依の身体、柔らかくてずっと抱きしめていたくなる。触るだけで興奮するな」

結婚していた時、そう言って離してもらえない時もあったけれど。

これでは、この前の週末と同じになってしまう気がする。

冬季が一晩中侑依を離さず、ずっと身体を繋(つな)げていたあの時、彼は少し自棄(やけ)になっていた気がする。優しくはあったが、どこか気が済むまで、という感じだった。

でも、昨日から今日にかけてのセックスは、互いに高め合い気持ちよくなるための行為だと思った。ずっと身体を繋(つな)げたままではなく、触れ合うだけでも心地よさを感じるような。

「ずっとこうしているつもり？」

パジャマの下に手を潜(もぐ)り込ませ、直(じか)に胸に触れてくる。もう片方の手はズボンの中に入ってきて、ショーツの上から侑依の秘めた部分を指先で撫でた。

「ね、ちょっと……っあ！」

彼の指先が胸の先端と、脚の間の敏感な尖(とが)った部分に同時に触れた。冬季は胸を揉(も)みながら、ショーツのクロッチの横から指を忍ばせてくる。直接ソコに触られた瞬間、侑依の腰が揺れた。

「ダメ、ってば……冬季さ……っん」

「君はいつもダメだと言うけど、そう言われるともっとしたくなる。それに、君のココは嫌がっていないようだけど？」

彼の指が、侑依の隙間を撫でて内部へと侵入してくる。すんなりと受け入れてしまった侑依の中は、確かに潤いを増し彼を歓迎しているみたいだ。

「だって、それは……っんふ」

「それは、なに？」

「冬季さんが、私のソコ、触るから……ただの反応、だから」

侑依がそう言うと、冬季は指をもう一本増やした。何度も奥を押すように動き、内部を行き来する。どんどん増してくる疼きに身体を縮めると、脚の間に冬季が自分の脚を入れ開かせた。

「ダメなのに、反応するんだな、侑依は。どんどん濡れてくるぞ？」

侑依の耳にも下半身からの水音が聞こえる。耳の後ろに唇をつけたまま囁かれると、余計に感じてビクリと腰が揺れた。

胸を揉んでいた手が背筋を撫で、そのすぐ後に、少ししっとりとしたものが背中に触れた。彼の唇と舌だと思った瞬間、侑依の中で彼の指がクッと曲がる。

「あっ……ん！」

「いい声だな、侑依」

クスッと笑った彼は、ゆっくりと中から指を引き抜き腰を撫でた。そのままパジャマのズボンとショーツに手をかけ膝まで下げる。

「も、だから……朝、だってば」

「君は朝からすると、いつもダメだと言うけど、僕は好きだ」

彼は起き上がり、侑依の身体を仰向けにする。そして脚に引っかかったままのパジャマとショーツを脱がせ、脚を開いて抱えた。

「よく眠って頭はすっきりしているし、体力も回復しているから、君を存分に愛せる」

冬季と暮らし始めて、彼が朝に強いことがわかった。それに、男の人は朝になると自然と男性的な反応があるのだと知った。だから朝から求められた時、その反応を解消するためなのだろうと思っていたけれど、違ったようだ。

彼が帰ってくる時間、侑依はすでに寝ていることが多かった。たまに彼は、寝ている侑依を起こして抱くこともあったけれど、思えば朝襲われることの方が多かった気がする。

「冬季さん、エロすぎ……今までの人にも、そうしてたわけ？」

その答えを知っているのに、何度も確認するように聞いてしまう。

「結婚までした女が横に寝ていて、何もしない男はつまらないだろう？　年を取ったらできなくなるかもしれないのに、今やらないでどうする」

そうして侑依の脚を折りたたむようにして、体重をかけてくる。彼の目には、開かれた侑依のソコが全て見えてしまっていることだろう。

「……だから、それ、恥ずかしい、って……ダメだから」

もう、と思って顔を背ける。恥ずかしさは限界だ。

「何度も見ているだろう？　濡れていて綺麗だ」

どこがよ、と思う。女のソコなんて、綺麗とは思えない。

見なくても、彼がソコへ顔を伏せてくるのがわかる。いつもそう。冬季は侑依の全てを、愛してくれる。侑依にこんなことをするのは冬季だけだ。

「あぁ……っ」

彼の舌が、侑依の秘めた部分を舐め上げる。先ほど以上の水音に、羞恥心とともに下腹からせり上がってくる疼きが強くなる。侑依はギュッと足の指先を丸め、シーツを掴んだ。

「やめ……って」

この行為は本当に恥ずかしい。何度もそう言っているのに、冬季は絶対にやめてくれない。

彼の舌が、侑依の敏感な突起を攻めてくる。

「あ……っあ」

甘えたような喘ぎ声が自分の耳に届き、咄嗟に口を閉じる。この部屋の壁は薄いのだ。

今更ながらに、隣に聞こえていないだろうかと心配になった。

「ね……冬季さん……っもうやだ」

なのに彼は、舌先を伸ばして侑依の隙間を開く。そのまま尖らせた舌を中に挿し込み、抉るように撫でた後、下から上へと舐め上げた。

どくどくと心臓の速い鼓動が聞こえてくるようだ。濡れた音はずっと耳に届き、自分の中から愛液が流れ出ているのがわかる。それをすすり上げる唇と舌の動きが堪らない。

「嫌だと言いながら、君のココは潤いを増して、奥から蜜が溢れてくるんだが」

揶揄するように言われたが、その声にも感じてしまう。

「もう、蕩けすぎるくらい蕩けてるな」

クスッと笑った冬季が、グッと奥まで指を入れてきた。

「ああ……っ！」

その瞬間、侑依は溜まりに溜まった快感を手放し達してしまう。身体を震わせ、酸素を得るために唇を開いて忙しなく呼吸する。

「どうせなら、舌でイッて欲しかったな」

目を開けると彼が侑依のソコを見ていた。内腿に手を這わせる彼の指が濡れている。侑依のもので濡れたのだと思うと、羞恥心とともに新たな疼きが湧き上がってきた。

「何度もしているのに、君は慣れないな」

彼は自分の唇を舐めて、見せつけるみたいに濡れた指先に舌を這わせた。

まった。

その仕草が堪らなくエロいと思う。侑依は見ていられなくてつい目を逸らしてしまった。

けれど、彼の普段とは違うそういうところを見て、ドキドキしながら次の行為を待っている自分も否めない。離婚してからは特にそうだ。

だらしないと思いながらも、彼との情事に溺れていたのは侑依の方かもしれない。

「冬季さん、しないの？」

肩で息をしながら、彼に手を伸ばす。その手を大きな手で包み込まれた。

「君が入れて欲しいのなら」

手の甲にキスをし、そのまま答えを待つように見つめてくる。

彼の下半身を見るとすでに大きく張り詰め、いつでも侑依の中に入れる状態だった。

「冬季さんは、したくないの？」

「したいけど、君がダメだと言ったんだろう？」

彼は微笑み、侑依の唇に小さなキスをする。

ここまでしておいて、こんな風に言ってくる冬季にムッとした。

侑依の身体は蕩かされ、イカされて、すぐにも冬季のモノを受け入れられるというのに。

「意地悪」

足で彼の下半身に触れる。少し押すようにしてからクッと指先を丸めると、彼が小さく息を吐いたのがわかった。

「癖の悪い足だ」

そう言って侑依の脚を持ち上げ、足先にキスをする。ゆっくりと脚を下ろすと、彼はスウェットの前を下着とともに下げた。

「ゴム、着けてくれ」

彼は侑依の手にコンドームのパッケージを置き、身体を引き起こした。開いていた脚を閉じ、反り返っている彼のモノを見ながらパッケージを開けた。

侑依は、両手を使って確かな質量のそれにゴムをかぶせていく。手の中で震え、さらに大きさを増した。初めての時、本当に侑依の中に入るのかと心配になったものだ。

けれど今は、彼のそれが侑依の中を満たし愛してくれるとわかっている。

「冬季さん……」

いつの間にか息が荒くなっていた。彼はキスをしながら侑依を布団の上へ押し倒す。

唇を啄みつつ、侑依の秘めた部分に自身を擦り付けてきた。

「このまま正常位？」

頬にキスをされ、耳元で囁かれる。

「ダメ？　後ろは、嫌なの」

彼が入ってくるのを待ち望んでいるのがわかった。奥から新たに蜜が溢れ出て、隙間を擦る彼の滑りがよくなっている。

「君は普通が好きだな」

そうしてクスッと笑った彼は、侑依の身体をうつぶせにした。

「あ……冬季さん……っやだ」

後ろは嫌だと言ったのに、グッと腰を持ち上げられる。

「これだと、君の中が締まって、僕は好きだけど？」

「だって……冬季さんの顔、見えない」

侑依は、最中の冬季の顔を見るのが好きだ。前からそう言っているのに、と眉を寄せる。

「正常位だけじゃ楽しくない」

「私は、それが楽しいよ」

楽しいというわけじゃないけど、つい反論してしまった。

「じゃあ、フィニッシュはそうしよう」

布団に押し付けた顔が熱くなる。その間にも彼のモノが侑依の秘めた場所にトンと当たった。そして水音を立てて先端が入ってくる。

「……っ」

「入れるよ、侑依」

そう言って、一気に奥まで入れられたから、侑依は立てていた腕を崩した。

「あっん！」

一際高い声が出る。彼のモノがぐっと質量を増し、侑依の中をいっぱいにした。

まるで、そこには初めから冬季のモノがぴったりと合うのだと思わせるように。

「ああ、いいな。やっぱり、君がいい」

まだ動いていないのに、彼の言葉でさらに快感が強くなる。膝が震え、布団に崩れ落ちるのはすぐだった。

「もう腰が立たないのか？　侑依」

からかうように言われて悔しいけど、侑依の中は今、快感しかなかった。

「冬季さん……早く、動いて……」

「可愛いことを言う。そんなことを言われると、止まらないかもしれない」

「いい、から、早く……っ」

侑依が懇願すると、彼は腰を使い始める。

最初はゆっくり、だけど少しずつ速くなり、肌と肌がぶつかる音が聞こえてきた。

「冬季さん、好き……っ」

「愛して、ないのか？」

いつの間にか彼の声にも余裕がなくなっていた。侑依は首を動かし背後の彼を見上げて、何度も頷く。

「愛してる……っあ、冬季さん……っ」

より一層強く腰を使う彼が侑依に覆(おお)いかぶさって口づけてくる。

朝だからとか、壁が薄いからとか考える余裕はもうなくなっていた。

気持ちよくて堪(たま)らない。なのに、彼が耳元で囁(ささや)いてくるからさらに気持ちが高まってしまう。

「君を、愛してる」

その言葉だけで侑依は達しそうになった。必死にそれを堪(こら)え、自分の中の冬季でひたすら快感を得る。

「あっ……あっ！」

喘(あえ)ぎ声が止まらない。こんなに感じてしまうのは、正直になったからだろうか。彼に意地を張る必要がなくなり、素直になった心がそうさせているのかもしれない。

中を満たす冬季のモノが気持ちよくて、無意識に彼を締めつけた。

「狭いな侑依、もっと緩(ゆる)めろ」

彼が眉を寄せ、掠(かす)れた声でそう言う。けれど、侑依にはどうしていいかわからないから、首を振って声を上げた。

侑依の身体を揺さぶる彼はこれまでと同じなのに、指先まで痺(しび)れるほどの強い快感が全身を駆け巡(めぐ)る。

片方の手で腰を掴まれ、もう片方の手で胸を揉まれた。

それじゃなくても堪らなくなっているのに、冬季は侑依の感じるポイントを的確に突いてくる。だから侑依は、これ以上ないくらいグズグズにされてしまった。

「君は、僕を食いちぎる気か？」

忙しない息を吐きながら苦しげに言った冬季は、一度動きを止めて侑依の身体を横に向ける。そのまま脚を抱えて身体を仰向けにし、腰を深く押し進めた。

「あ……っん」

「君が好きな正常位だ。僕の顔が見たいんだろう？」

そう言ってにやりと笑う冬季は、まだどこか余裕があるみたいだ。彼は侑依の膝裏に手をやり、深く折り曲げるようにして、真上から侑依の隙間を突き始める。

そうされると侑依のイイところに彼のモノが当たり、すぐに達してしまいそうになった。

綺麗な顔に汗を滲ませた冬季はまだ余裕の笑みを浮かべ、奥を突いたまま侑依の腰を丸く揺らしてくる。

「も……い……っきそ……っは！」

「イけばいい。君のイイところを、何度も突いてやる」

そんなエロいことを言う冬季は、本当に色っぽくてどうしようもなく官能が刺激された。

こんなに素敵な人とセックスして、気持ちよくなって、お互いが同じ気持ちでいる。なんて幸せなんだろう。

侑依は強すぎる快感に首を振って、膝を掴む彼の手にどうにか触れた。

「一緒に、冬季さ……っあ！」

潤んだ目で冬季を見つめると、彼は侑依の膝から手を離し、覆いかぶさってくる。

「侑依、愛してる」

そう言って彼は侑依に口づけた。深く唇を合わせながら、一気に腰の動きが速くなる。中を擦られ気持ちよくて堪らなくて、彼の腰を膝で挟んで締め付けた。

けれど彼はそれをものともせず、強く揺さぶってきて、あっという間に限界まで高められてしまう。

「ん――――っ」

腰を仰け反らせ、足の指先がキュッと丸まった。彼の背中に強く爪を立て、これ以上ないほどの快感を得ながら達してしまう。

頭の中が真っ白になり、目の前がチカチカする。

冬季もまた強く侑依の身体に自分のモノを押し付け、腰を震わせるように小刻みに動かしてからその動きを止めた。

チュッと音を立てて唇が離れる。互いに熱く忙しない息を吐いていた。

そのまま何度か唇を合わせて、身体を繋げたまま冬季が横たわる。侑依の身体を横抱きにし、背中を撫で臀部まで手を這わせてきた。

繋がっている部分に触れられると、侑依は小さく声を上げて身体を震わせる。

「ここ、敏感になっているな」

クスッと笑う彼はやっぱり余裕。侑依の腰を抱き寄せて結合を深めると、ふう、と息を吐き出した。侑依はそうされてしまうと、ただ彼を感じることしかできなくなってしまう。

「冬季さん……一度、抜いて」

「まだ入っていたい」

「だって……昨日からずっと、冬季さん入れっぱなし……」

知らずに甘えるような声になった。彼は少し声に出して笑って、侑依の髪の毛をかき分ける。

「いいじゃないか、ひとつになったみたいで」

侑依は眉を寄せて彼の耳元に唇を寄せた。

「お願い、一度、抜いて。私がどうにかなっちゃう」

「なればいいだろう？」

「やだ、お願い」

彼の頬に鼻をすり寄せると、一度ため息をついた彼はゆっくりと侑依の中から自身を抜いた。すぐにゴムを外す音が聞こえたかと思うと、彼はその口を結んでペーパーバッグの中へ捨てた。

彼の達した証（あかし）を見て頬を赤らめる。けれど、彼のモノはまだ興奮していた。

「まだ、硬いね……」

侑依はそっと彼のモノに手で触れる。

「君の中に入れたいんだけど……っ」

彼の口を塞（ふさ）ぎ、手で彼を高めていく。

だってこんなに何度もしていたら体力が持たないばかりか、バカになってしまいそう。

高まっていく彼の顔を見ながら、侑依もドキドキしてくる。この人がこんな風になるのは自分の前だけなのだ。

休日はまだ始まったばかり。熱く爛（ただ）れた時間はまだ続きそうだった。

# 11

侑依から離婚の理由を聞いて一週間が経った。

あの日、ようやく素直になった彼女と熱く抱き合った時間を、この先もきっと忘れないだろう。

月曜日は、今まで以上に彼女と別れがたく感じた。次に彼女と会える週末が待ち遠しくて仕方がなかった。いい年をした大人が、まるで十代の恋する子供のようだ。

しかし、待ち望んだ金曜日だというのに、当初仕事が終わるだろうと予測していた時刻を、すでに一時間ほどオーバーしてしまっている。今日の業務内容的に、スムーズに終えられると思っていたのだが、クライアントとの話がかなり長引いてしまったのだ。

先にSNSで一時間遅れると連絡しておいたが、彼女の返事を確認している時間はなかった。

一通り仕事を終え冬季がスマホを見ると、了解と侑依からスタンプが届いていた。

それだけで、冬季の心が浮き立つ。

手早く帰り支度をしていると、上司で一緒に組んで仕事をすることの多い比嘉美雪が、何か言いたげにこちらを見ていた。

美雪は女性にしては背が高く、年齢を感じさせないほど若々しい。今年、五十五歳になったそうだが、とてもそんな年には見えなかった。彼女の顔立ちは美人な方だろう。

そして、夫であり事務所の所長でもある裕典の手綱（たづな）を、きっちりと握るしっかりとした女性だ。

「どうかしました？」

冬季が聞くと、彼女は手を左右に振る。

その様子を見ていたパラリーガルの千鶴が、バッグを片手に席を立つ。

「お先します。お疲れ様です」

「お疲れ、千鶴ちゃん。今日はデートかしら？」

「まぁ、ぼちぼち……」

言葉を濁して帰っていく千鶴を見送りながら、冬季も急がなければいけないと思い出す。今だったらそれほど遅れずに待ち合わせ場所へ行くことができる。

「そっちもデート？」

「ええ、今日は」

これから侑依と会うのだから、デートで間違いない。きっとそのまま夜を過ごすだろうから。

できることなら、この週末に少しでも侑依との関係を進めたかった。やっと彼女と気持ちが通じ合ったのだから。

「元奥さんと会うんでしょう？」

「わかってるなら聞かないでください」

「デートって言うから聞いてみただけよ。ようやく他の女性に興味を持ったのかと思ったじゃない」

ふん、と言って肩を竦める美雪に苦笑する。

彼女は冬季と侑依のことにあまりいい顔をしていない。そう思われても仕方ないから、彼女の苦言はいつも呑み込んでいる。

「こう言っちゃなんだけど、あなたほどの男が、あの元妻に固執する理由がさっぱりわからない」

「惚れた弱みですよ。……美雪さんの言いたいことはわかってます」

美雪は夫の裕典と若くして結婚した。ともに大学を卒業し、司法試験に受かり司法修習を終え、弁護士としてこれからという時だ。そのうえ、結婚と同時に子供ができたため、優秀だったにもかかわらず、彼女は弁護士としてのキャリアを諦めたらしい。

同じ頃、夫の裕典は大手弁護士事務所と反りが合わず事務所を辞めてしまったそうだ。そこで美雪が奮闘し、比嘉法律事務所を立ち上げたのだと聞いた。

彼女は子供を育てながら夫を支え、子育てが一段落つくと自らも弁護士として働き続けたのだ。そうした努力を積み重ねてきた彼女から見たら、冬季と侑依の関係は好ましいものではないだろう。

「復縁をするの？」

「目標、ですね」

コートを手に取ると、美雪が大きなため息をついた。

「あなたの元奥さんは、しっかりした良い子だと思う。坂峰製作所で、自分の仕事に誇りを持って働く姿には感心した。でもね、あなたの忙しさはこれからも変わらないし、同じことになるわよ？　次は上手くいくという自信はあるの？　西塔」

彼女はいつも痛いところを突いてくる。そう思いながら、冬季は美雪から視線を逸らした。

忙しさは変わらない。侑依との時間を充分に持てない状況はこのままだ。彼女を不安にさせ、離婚にまで追い詰めてしまったのも、顔を合わせて会話する時間が少なかったからだろう。

結婚した後、家に帰ると侑依がいた。どんなに疲れて帰っても、彼女の顔を見るだけでほっとした。また明日も仕事を頑張ろうと思えた。ベッドで眠る侑依の寝顔を見つめていると、驚くほど優しい気持ちになれた。この人を守るのは自分だと、強く意識したものだ。

言葉を交わす時間が少ない代わりに、一緒にいる時は侑依を抱きしめ身体を重ねていた。それだけでは足りないことはわかっていたけれど、愛している気持ちを伝えたかった。

「そうですね……これからは、できるだけ話をするようにしたいと思ってます」

「そんな時間、作れないでしょ？　平日はいつも遅くまでここにいるじゃない。それでまた別れることになるなら、今のうちにやめておきなさいよ」

確かに、平日は日付が変わるくらいまで事務所にいることが多い。

この先、侑依と付き合って一緒に住んだり、ゆくゆくは復縁したとしても、以前と同じ状況になるのは目に見えている。でも、次は絶対に別れたりしたくない。

だから冬季は美雪を見て言った。

「こんなこと言うと、僕らしくないと言われるかもしれませんが……侑依が好きなんです。喧嘩もするし、離婚もしましたが、彼女以外の人を好きになることはもうないでしょう」

美雪は冬季の言葉を聞いてもう一度ため息をつき、真面目な顔をする。

「確かに西塔らしくない。甘いマスクにシビアな性格、ってのがあなた。仕事では、厳しいくらいに妥協をしないのに、結婚には妥協するの？　あなたの元奥さんは、仕事への理解が足りなかったと思う。この仕事を続けるなら、もっといい人がいるんじゃないの？」

美雪の言うもっといい人とは、仕事やパーティーで顔を合わせるような女性だろうか。

侑依はそうした仕事上の相手に対して、いらぬ心配をしていたらしい。

彼女から離婚の理由を聞いた時、自分の至らなさだけが離婚理由ではなかったことにホッとした。

同時に、仕事で女性と話していても平気そうな顔をしていた侑依が、その内側では嫉妬ばかりしていたのだと知って、嬉しくて仕方がなかった。

自分ばかりが好きな気持ちを押し付けている気がしていたから、一方通行でないとわかって、冬季の心に熱を生んだ。

「侑依に対して、妥協したことはありません。美雪さんにとって侑依は、結婚生活を続ける努力が足りず、仕事への理解も低い女に見えるかもしれませんが、そうではないことを僕が一番知っています。侑依ともう一度やり直したい。今度はどんなに懇願されても、別れるつもりはありません。それに僕は弁護士ですし……」

一度言葉を切って、美雪の視線をまっすぐ受け止める。

「もし、次に侑依が離婚して欲しいと言ってきたら、弁護士としてのスキルとこれまで培ってきた信用を盾に、大いにゴネて見せますよ。離婚も別居も認めません。一生、僕に繋ぎ止めてやります」

にこりと笑う冬季に、美雪が、はぁー、と長い息を吐き出し首を左右に振る。

「なかなか怖いことを言うわね……ま、そのくらいの覚悟があるんだったら大丈夫でしょ。ご両親に反対される可能性なんて気にもしないわけね。わかった……次に侑依さんが大いにゴネる時は、私も協力してあげる。絶対に離婚しないと言うまで追い詰めて差し上げるわ」

冬季の両親が、侑依との結婚にどこか納得していなかったこと、離婚後はもっといい人を見つけろと何度も言ってきていたことを美雪は知っている。

「美雪さんこそ、怖いこと言いますね」

「当たり前でしょう？　人間関係って難しいわよ。まして家族ならなおさらね。でも、西塔がそうまでして侑依さんに固執し、彼女しか好きになれないと言うのなら力を貸す。……恋は止められるものじゃないから」

美雪は何かを思い出すように優しい目をした。

「私も裕典と結婚した時は本当に大変だったけど、あの人が好きだったから乗り越えられた。だから、西塔の気持ちはわからないわけじゃないのよ」

そう言ってにこりと笑った彼女は、時間いいの？　と時計に目をやる。

「デート、遅れるわよ？」

「そうでした。じゃあ、また来週。美雪さんのその強さ、好きですよ。裕典さんは幸せですね」

ブリーフケースを持ち上げながら言うと、美雪は微笑んだ。

「当たり前よ。私だけが、あの男の唯一の女として一緒に生きていけるの」

言い切れてしまうところが、本当にいい女だと思う。

冬季は彼女の言葉にただ笑みを向けて、事務所を出る。

待ち合わせ場所までの距離を考えると、まだギリギリ間に合いそうだった。

冬季はようやく心が通じ合った侑依の顔を思い浮かべる。

愛嬌（あいきょう）のある笑顔、そして冬季の下にいる時の柔らかく解ける身体。

好きになった女が一番なのだと気付いたのは侑依がいたからだ。

どんな女性を目にしても、侑依しか見えない自分は、どうかしてしまったのかもしれない。

ふと、先ほど美雪が言った言葉を思い出す。

——あの男の唯一の女。

きっと冬季にとっても、侑依だけが唯一の女なのだろう。

つまり彼女しか見えない自分は、至って正常ということだ。心の中でそんなことを考え、冬季は笑顔で侑依のもとへ急ぐ。

彼女は今日、どんな顔を見せてくれるのだろうと思いながら。

＊　＊　＊

待ち合わせの場所に着くと、侑依はすでに待っていた。

連絡した時刻の五分前に着くことができた冬季は、その姿をしばらくじっと見てしまう。

彼女が首元に巻いているストールは見覚えのあるものだ。大判のそれは、結婚前に冬季がプレゼントしたものだった。

当時、手を繋(つな)いで、ある店のショーウィンドーの前を通り過ぎた。その時、侑依がそこに飾ってあったストールを見て目を輝かせたのだ。立ち止まった冬季が買おうと言うと、首を振られた。

そこで互いに買う買わないの押し問答をした。

買わないと言いながら未練がありそうな侑依に、冬季はやや強引に彼女を連れて店に入った。ストールを購入し、そのまま侑依の首に巻く。

初めこそ、ムッとした顔をしていた侑依だったが、しばらくするとおずおずと顔を上げた。

『これ、あったかい……ありがとう、冬季さん。本当はこういうの、ずっと欲しかったの』

彼女は冬季の手を少し強く握って微笑んだ。それを見た瞬間、押し問答でムッとしたことなど、どうでもよくなった。だったら最初から素直にプレゼントされろよ、と思わないでもなかったが、それが侑依なのだとわかっているから、冬季はただ頷いた。

それからずっと、侑依はそのストールを愛用している。

「……本当に侑依は素直じゃない」

温かな気持ちでつぶやき、冬季は侑依の傍まで足を進めた。

こちらに気付いた侑依が顔を上げる。ストールを軽く直しながら冬季に近づいてきた。

「待った？」

「ううん、そこまで待ってない……今日忙しかったんでしょ？　予定、明日にずらしてもよかったのに」

冬季を気遣っての言葉だとわかっている。だが、明日でも、と言う彼女に内心ため息が出た。一週間ぶりの逢瀬なのに、そんなこと言うなよ、と思っていると、侑依が冬季のコートの袖を掴む。

「私との時間を作ってくれたんでしょ？　ありがとう」

「……いや、いい。どこか行きたいところある？」

落として上げる彼女の天然さは変わらない。こういうところが冬季の心を捉えるのだ。

意地っ張りの奥に、こんな可愛いところを隠しているなんて卑怯だと思う。

「特にないけど……なんか、外国の料理が食べたい気分。アヒージョとか」

「好きだね、侑依」

アヒージョは侑依の大好物。冬季も嫌いじゃないが、彼女がパンをひたひたになるほどオリーブオイルに浸けるのには、ちょっと抵抗がある。

「冬季さんはそこまで好きじゃないよね？　そっちこそ何か食べたいものないの？　私、お腹空いた」

「僕だって空いてるよ。だったらあそこは？　スペイン系のビストロ。寒いし、ビーフシチューが食べたい。アヒージョもあるから」

「……行くの久しぶりだね」

微笑む侑依に、そうだな、と思った。

「じゃあ行こう」

スペイン系の料理を出すその店は、結婚前から二人で何度も行っている。だが、離婚してからは一度も行っていないので、冬季も久しぶりだった。

侑依の手を取り、そのまま繋いで歩きだす。彼女とこうして気持ち良く歩くのも久しぶりだった。離婚した後は、手を繋ぐのも抵抗していた侑依だが、今日は素直さを感じる。

「冬季さん」

「ん？」

「私、冬季さんとこうしてまた街中を歩けて、嬉しい」

繋いでいる手に力を込め、冬季に少し寄りかかるようにして歩く。はにかんで見上げてくる彼女に、冬季は息を詰めた。

これまでだって女性と付き合ったことはある。長く続くこともあれば、すぐ別れることもあったが、総じて気楽な付き合いだったと思う。男だからキスもセックスも好きだし、一緒にいて楽しければそれでよかった。むしろ、そういう付き合いが普通だと思っていた。

けれど、侑依との付き合いは気楽にいかなかった。キスもセックスも思い通りにいかず、その気になっているのに断られたこともある。いつもは食事とセックスが基本のデートも、侑依とは健全なことをして帰ることも多かった。

今もそう、街中（まちなか）を歩いているだけだ。何をしているわけでもないのに、こんなにも心が満たされ心臓が高鳴っている。

『一緒に居ると胸がいっぱいでお腹が空（す）かない』

以前、付き合っていた女性にそう言われた時、冬季にはその意味がわからなかった。けれど、侑依と出会ったことで、初めてそうした気持ちがあると理解できた。

食事よりも君が欲しいと思う。

空腹感が無くなるほど侑依を愛している自分がいる。

「冬季さん？」

彼女に微笑み、冬季は内心の劣情を隠して前を向く。

今にも口から出てきそうな、「もう帰ろう」、「ホテルへ行こう」、という言葉をぐっと我慢する。

だが心の中では、手早く食事を終えホテルか家に行き、一緒に風呂に入って……と段取りを立ててしまう。

こんなことは、侑依と会うまではなかったことだ。

どうしてこんなにも一人の人に溺(おぼ)れてしまうのか不思議に思いながら、冬季は昂(たかぶ)る心と身体を抑える。

繋(つな)いだ手の温もりを強く意識し、冬季はどこか上(うわ)の空で侑依の言葉に答えるのだった。

＊　＊　＊

「やっぱり、冬季さん疲れてるでしょ？」

不意に聞かれて首を傾(かし)げると、やや心配そうな顔を向けられた。

「どうして？」

「お腹空(す)いてるって言ってたのに、あまりご飯を食べてなかったから。……疲れてるならこのまま帰って休んだ方が……」

確かにいつもより食べなかったかもしれないが、それは疲れているからではなかった。

侑依と一緒にいると、胸がいっぱいであまり食べる気がしなかったのだと言えばいいのだろうが、なんとなく気恥ずかしい。

「いや、君と一緒にいるのに、帰るなんてしない。泊まっていかないか？　明日休みだろう？」

すぐ近くにある赤いレンガ造りの駅を見る。侑依は瞬きをした後、首を振った。

「や、そんな……ご飯代も出してもらったし……帰るよ」

「別に構わないよ。今から家に帰るよりも手軽だ」

「手軽、って……」

侑依は眉を寄せて冬季を見る。彼女はあまりホテルに泊まるのを好まない。少しいいホテルとなると、すぐに躊躇し、家に帰ってしまうこともあった。最初は驚いたものだ。冬季は一緒にいたいのに、彼女はそうではないのかと。

「冬季さん、毎回思うけど、金銭感覚マヒしてる。冬季さんの収入を考えたら、ホテルに泊まるのも普通なのかもしれないけど、私はそうじゃない。お金を出してくれるのはありがたいけど……」

そう言って、難色を示す侑依に、またか、とため息をつく。

「侑依、ただ君と一緒にいたいだけだ」

彼女がいつもそう言ってくるのは、きっと自分の言葉が足りないせいだろう。仕事ではスムーズに言葉を駆使しているというのに、一番伝えたい相手に思いが伝わらないのでは意味がない。

「それは私もだけど……冬季さん、疲れてるんでしょ？　仕事忙しそうだし、私と会うために無理してくれたんじゃないの？　だから今日は、家に帰ってゆっくり休んで。私、帰るから」

本気で帰ると言っているらしい侑依に眩暈がした。

侑依は、いつだって冬季の想像の上をいくので、感情が振り回される。

「侑依、僕は君と早くセックスがしたい。それだけ」

「は？　えっ!?」

慌てた様子で周りに目を泳がせる侑依を見て、その腕を掴んだ。

「部屋が空いてなかったら、別のホテルを探す。幸い、この周辺にはホテルがいくらでもある」

「もう、ねぇ、ちょっと……冬季さん何言ってるの？」

まだ周りを気にしている彼女の手をやや強く引いた。

「君が帰ると言うからだ。僕は別に疲れてないし、君と一緒にいたいだけ。何度言わせる？」

「だって、冬季さんご飯食べないし、いつもなら私に食べてって言う嫌いなニンジンも黙って食べてたし。それに話しかけてもずっと上の空だったじゃない」

ムッとした表情をする侑依に、冬季もまた眉を寄せる。

「それの何が悪い？」

「悪くないけど、心配するじゃない。もう、私そんな気分じゃなくなった」

プイッとそっぽを向く侑依に、内心舌打ちしたくなる。

だが、そもそも誤解させるような態度を取ったのは自分だ。ストレートすぎた自分の言葉を反省する。冬季は上を向いて一旦気持ちを落ち着かせ、侑依に声をかけた。

「上の空だったのは、ずっと侑依のことを考えていたからだ。そんな気分じゃなくても、今夜は相手をして欲しい。それに、ここで言い合いを続けるより、ホテルに行った方が賢明だと思うが」

結局、侑依の前では本音が出てしまい、反省どころの話ではなくなってしまった。だが、本当に侑依が欲しくて堪らない。侑依だからこそ、ここまで正直な言葉が出てしまう。

侑依はなんとも言えない顔をした後、じゃあ、と言って赤いレンガの駅を指差す。

「そこに空きがなかったら、帰る」

冬季は一瞬目を細め、はぁっ、とあからさまにため息をついてみせた。

「わかった。じゃあ、行こう」

手を繋ぎ、ホテルのフロントに向かう。もしホテルに空きがなくても、侑依をこのまま帰す気はなかった。やっと気持ちが通じ合ったのに、彼女は以前とちっとも変わらない。なのに、どうして自分は侑依の手を離さないのだろうと思う。

だがそうしないのは、やっぱり彼女が好きだからだ。繋いでいる手の感触、少し冷たい体温も冬季の心をくすぐる。

「手、冷たいな」

「冬季さんの体温が高いのよ。男の人って、こういう時いいよね」

そう言ってギュッと手に力を入れた侑依が、冬季を見上げてきた。

「もし空いてたら、先にお風呂入りたい」

「そうか。空いてるといいな」

手と一緒で、身体も冷えているのだろう。だったらあんなことを言わずに、と思うが、それが侑依だからと許してしまう。もし他の女が同じことをしたら、きっとここまで許していない。

そう考えているうちにホテルのフロントに着き、部屋を問い合わせる。

「申し訳ありません。あいにく、本日は満室でして……」

週末ということもあり、残念な結果。すると、侑依が手を繋いできた。

「丸の内のホテルは？　冬季さんと初めて泊まった」

「どうした？　さっきは帰ると言っていたのに」

「……別に、帰ってもいいけど……」

頬を膨らませる彼女を見て、冬季はその頬を指先でつつく。

「君は本当に、僕を焦らすのが上手いから困るよ」

初めて泊まったホテルは丸の内のホテル。焦らしに焦らされて、その日は逃がさないようにそこで食事をして、部屋に行ったのを覚えている。

そのホテルは、ここからそんなに離れていない。冬季は侑依と手を繋ぎ直し、歩き出した。

「焦らしてないよ。ただ、寒いから早くお風呂に入りたいだけ」

「はいはい。なら、早く行こうか」

そこからは何も話さず、ホテルへと向かった。

冷たかった侑依の手がさっきより温かくなっているのに気付き、逸り出す感情を抑える。

冬季は少し足を速めて、ホテルを目指すのだった。

＊＊＊

幸運にも丸の内のホテルには空き部屋があって、無事にチェックインできた。

部屋に入ると、侑依はすぐにコートを脱いで空調を合わせた。冬季もコートを脱ぎ、クローゼットにかける。

「お風呂先にいい？」

　侑依は履いていたショートブーツを脱いで、備え付けのルームシューズに足を通し、こちらを見上げてきた。

「僕も入りたい」

「……じゃあ、先に入っていいよ」

「一緒に入ればいいだろう？」

　首に巻いていたマフラーを取ると、侑依が目を細めて見てくる。

「なんでそんなことばっかり言うかな……エロいよ冬季さん」

「君限定でね。寒いんだろう？　それに、お互い身体が綺麗にできて一石二鳥だ」

「お風呂でエッチなことしない？」

「それは約束できないな。侑依が裸でいるのに触れずにいるのは難しい」

　スーツの上着を脱いで、ネクタイに指をかける。彼女はぐっと眉を寄せて唇を噛む。

「なんだ、その顔」

「冬季さんが私と会うのって、身体が目的なのかなって」

「悪い？」

「悪いよ。さっきもセックスしたいとか街中で言うし」

　そう言いながら侑依は冬季のネクタイを解き、ハンガーにかける。

好きな相手の身体が欲しいと思って何が悪いのだろう。侑依の腰を引き寄せ、背後に回した手で臀部を撫でる。

「好きじゃなかったら僕は女に言い寄ったりしない。侑依だから抱きたいんだ」

侑依の腰を引き寄せた手で、スカートのファスナーを下げる。そのままセーターに手をかけて捲り上げた。

「手を上げろ、侑依」

ムッとした顔をしつつも、素直に手を上げた彼女からセーターを脱がせる。それを適当にクローゼットの棚に置き、続いてスカートを滑り落とした。跪いてタイツを足首まで下げると、心得たように彼女の脚が上がり脱がせるのに協力してくれた。

「まだ、お風呂にお湯入れていないのに、脱がせないでよ」

「お湯なんてすぐに溜まる」

侑依の膝下に手を回し、もう片方の手は臀部に回して抱き上げる。

「君は相変わらず、脚も腰も冷たい」

「そうよ。もう、抱き上げないで。重たいんだから……それに、恥ずかしいよ」

冬季しかいないのに、侑依はこうして抱き上げたりするのを嫌がった。

とにかく、すぐに意地を張って、冬季を焦らしてばかりの侑依。

些細なことで喧嘩して、いつも振り回される。面倒な女と言えば確かにそうなのだが、不思議ともういいという気にはならない。

「君は僕限定で面倒な女だな、侑依。坂峰の前ではもっと素直なのに」

抱き上げてバスルームへと向かうと、侑依は下唇を噛んで横を向く。

「それは、だって、冬季さんが……いちいち引っかかるような言い方するから。でもきっと、お互い様ね。私は意地っ張りだし、焦らし屋で面倒くさいとか思ってるんでしょ？」

バスルームで侑依を下ろすと、冬季はシャツのボタンを外す。そうしながらバスタブに栓をして、湯を溜めていく。

「お互いを知っているのはいいことだ。だったら、君だって知ってるだろう？　僕が、君の身体だけを欲しいと思ってるわけじゃないって」

脱衣所にいる侑依のところへ戻ると、彼女は冬季を見上げて少しムッとした顔をしている。けれど、冬季が服を脱ぎ始めると途端にそわそわし始めた。

これもいつものこと。

何度も裸で抱き合っているのに、なぜか冬季が服を脱ぐ様子を見るのは恥ずかしいらしい。身体の隅々まで知りつくしているのに、何を今更と思う。けれど、そんな初々しさを残す侑依も、可愛いと思っている。

シャツを脱いで洗面台に置くと、スラックスのベルトに手をかけた。すると侑依が冬季の腰に手を回し両手で触れてくる。

「冷たいよ、侑依」

「だから早く入って、温まりたい。一緒に入るなら早く脱いで」

冬季は彼女のキャミソールに手をかけて脱がせ、下着のホックを外した。その間に、侑依は冬季のスラックスと下着に手をかけ、互いに服を脱がせ合った。

そうして、侑依の顎を上げて小さくキスをする。

「先にシャワー。身体を洗ってから、入る」

これもいつもと同じ。冬季は笑って侑依の手を引いてシャワーブースに入った。

シャワーの温度を確認し、侑依の身体に湯をかける。互いに頭から湯を浴びながら、冬季はシャンプーを手に取り侑依の頭を洗ってやった。

「身体は自分で洗うからね」

「はいはい」

温まってきた侑依の身体を抱きしめ、髪から泡を流した後、冬季は自分の頭を洗い始める。

「もう、一緒にお風呂とか充分エロい。冬季さんのエロ魔人、エロ弁護士」

背を向けて身体を洗う侑依を見て、冬季はただ笑った。

「なんとでも言えばいい。侑依限定だから」

そう言って耳の後ろにキスをすると彼女は押し黙ってしまう。そのままさっさと身体を洗ってバスタブへ向かった。

先に湯に浸かった侑依はホッとした息を吐く。その表情を見て、冬季も笑みを浮かべた。

続いて自分がバスタブに入ると、向かい合った侑依は急に居心地悪そうに脚を縮める。

「脚、伸ばせば？」

「……入浴剤、買ってくればよかった。それに、ガラス張りだからちょっと……」

そう言って顔を赤くする侑依を見て、冬季は彼女の脚を引っ張った。

「わっ！　ちょっ、溺れる」

彼女が体勢を崩したところで、反対の脚も引っ張った。

「わっ！　も、ちょっと！」

最後に手を引っ張ると簡単に冬季の胸に倒れ込んでくる。

侑依は眉を寄せて冬季を見た。

「計画的犯行だ」

「これくらいいいだろう？　このままここでセックスしてもいいけど？」

首を振る彼女に小さなキスをして抱きしめる。侑依は観念したように冬季の肩に額を預けた。

「好きだ、侑依」

侑依が首に手を回して冬季を抱きしめる。

「どんなに私が焼きもちを焼いても、私だけって約束してね」

そんなことは当たり前だ。冬季は彼女を抱く腕に力を入れ耳元に唇を寄せた。

「僕はもう一度結婚しようと言っているのに、何が不安だ？　どんな約束よりも強力だろう」

「……そうだけど」

「どんなにムカついたり、喧嘩をしたりしても、君が傍にいてくれれば、それでいい」

侑依は顔を上げて冬季を見つめた。冬季は彼女の濡れた髪の毛を耳にかけ、露わになった額を撫でながらさらに言う。

「君を愛している。他の誰にも、こんな感情は持たなかった」

侑依が冬季に手を伸ばし、頬に触れる。

「どんなにムカついたり、喧嘩したりしたとしても、冬季さんが傍にいてくれるなら、私も、ずっと一緒にいる」

同じ言葉を繰り返す侑依にフッと笑うと、彼女もまた微笑んだ。

「冬季さんを愛してる」

侑依が冬季の髪に触れ、同じように額を撫でる。

結婚している時はいつもこうしていた。なのに、どうして簡単に離婚届にサインをしてしまったのだろう。あの時はそうするしかなかったと思っていたが、そうではなかった。

冬季は間違えてしまったのだ。

でも、間違いに気付いたからこそ、今この腕の中に侑依がいる。

「侑依、僕には言葉が足りないところがある。だから……これからは、何か不安に思ったり、寂しいことがあったら、きちんと伝えて欲しい。この先もずっと君と一緒にいたいんだ。僕に至らないところがあったら、ちゃんと直す」

彼女の目を見てそう言う。侑依は瞬きをして冬季を見た。

「……わかった。私も、いろいろ抱え込まずに、今度はちゃんと冬季さんに伝える。ダメなところも、頑張って直すから。でも……冬季さんが、素のままでいられるのが私の前だけなら、別にそれは、直さなくてもいいと思う……」

そうして侑依は恥ずかしそうに湯の中に身体を沈める。

「でも、エロすぎるのは、ちょっと直して欲しいかな……」

顔を半分ほど沈めた侑依は、上目遣いで冬季を見た。

「どこがだ？　エロすぎると言うけど、そうさせているのは君だ。いつだって、君に触れたいと思っている僕の気持ちが、君はわかってない」

彼女の背を撫で、骨の形を辿る。侑依がため息のような熱い息を吐いた。

「……だったらわからせてよ」

「風呂ではしないんじゃなかったのか？」

クスッと笑って侑依の胸に手をやると、彼女は息を詰めた。

「しないよ……だから、ベッドに行きたい」

「髪が濡れている。乾かす間すら、僕は待てる気がしないな」

「それは、待って……ね、冬季さん」

そう言って、侑依の方からキスをして、冬季の唇を軽く食んだ。

「本当に君は、焦らすのが上手い。待ちたくないんだけど？」

「お願い、待って」

頬をすり寄せ、そこにキスをしてくる侑依に、大きく息を吐いた。

「じゃあ、先に上がってベッドにいて。寝てたら起こすから」

微笑んだ侑依は、冬季から離れてバスタブから出て行く。バスタオルを身体に巻いて、バスルームを出るのを見送った後、冬季は身体を湯に沈めた。

侑依といると、我慢を強いられることが多い。それもこれも、恋に落ちた冬季の弱み。

「待たされた分、ベッドで焦らせばいい。時間はたくさんある」

すぐにドライヤーの音が聞こえてきて、冬季はバスタブを出た。侑依は身体が温まるとすぐに寝てしまうから。手早くタオルで身体を拭いてバスローブを羽織り、バスルームのドアを開ける。

同じくバスローブを着た侑依を見て、心臓が騒いだ。

「僕が乾かすよ、侑依」

彼女からドライヤーを奪って、長い髪に触れた。

気持ちよさそうに目を閉じる彼女を見ていると、すぐに触れたくて堪らなくなる。

彼女の髪の毛を乾かすと、冬季は性急に侑依を抱き上げてベッドへ向かった。

「もう、だから抱き上げられるのは嫌なんだってば」

彼女の小言を聞き流し、ベッドに組み敷いて正面から侑依を見つめる。

「焦らした分、たくさん啼いてもらうよ、侑依」

微笑んで侑依のバスローブの合わせ目を開く。

「あっ……」

すぐに小さく上げられた声と同時に、スイッチが入る。

冬季は侑依を丹念に愛するために、白い身体に手を這わせるのだった。

## 12

冬季と復縁を約束し、一緒に新しい年を迎えた。

相変わらずの日々を送りながらも、冬季とは必ず週末には会うようになっていた。だから侑依は、今週も普通に会えるものと思っていた。

しかし冬季から、今週は仕事が山積みで週末に会うのは難しいと言われた。

『今担当している離婚訴訟がかなり揉めて、長引いていてね。双方の話し合いの場を持つことになったんだ。週末しか時間が空かないからってことで、今週は会えなくなってしまった』

仕事と言われては、頷くしかない。彼の仕事は会社や人の人生が絡む重要な仕事である。とはいえ、冬季が離婚訴訟を担当していると聞いて、意外に思った。

「離婚して一年も経ってない人が離婚訴訟の担当って……袴田さん、手一杯なのかな……」

袴田というのは冬季の同僚で、二つ年上の弁護士だ。彼もまた結構なイケメンで、女性関係はそこそこ派手。ＳＮＳにいつも楽しそうな写真をアップしている。

「西塔、離婚訴訟してんのか。笑えるなぁ」

楽しそうな優大の声が聞こえてきた。どうやら、心の中で思っていたことが口に出ていたらしい。

気を付けなければ、と反省しつつ、侑依は事務所で仕事をしている優大を少しだけ睨んだ。

「あんまり人に言わないでね？　人手が足りなくて、今回はって頼まれたらしいの」

「離婚経験者だし、いいアドバイスができるんじゃないか？」

またそういうことを。侑依は大きくため息をついて、パソコンの入力作業を再開した。

この後、日報も書かないといけないし、と頭の中で段取りをつけていると、優大が声をかけてくる。

「上手くいってるのか、西塔と。この前あいつと話した時もまんざらじゃなさそうだったし」

「……そっちこそ奥さんと上手くいってんの？　仕事の後、結構飲みに行ってるみたいだけど？」

「バーカ、その奥さんと一緒にだよ。後で合流してるんだ。あいつ、酒豪だから、いつも金が足りない」

給料上げて欲しい、とぼやきながら発注書を書いている優大を見る。

「……上手くいってるよ。いろいろと、話し合った」

優大の方を見ずに言うと、そうか、とだけ返ってきた。

もっと何か言われるかと身構えていたから、ちょっと拍子抜けする。でも、彼が何も言ってこないのは、きっとそれでいいと思っているからだろう。

侑依は本当にいろんな人に助けられている。特に優大には、引っ越しも手伝ってもらったし、離婚した後も何も言わずに仕事をさせてくれた。それに……たくさん心配してもらった。

「優大……いつか、冬季さんとはきちんとするから」

「そうか」

そう言って笑った優大を見て、侑依も微笑んだ。

「じゃあ、切りがいいところで、比嘉法律事務所にこの書類を持って行ってくれ。今日は親父が営業で不在だから、仕事が溜まってるんだ。事務所の留守番は俺がする」

書類を封筒に入れ、優大が差し出してきた。侑依は席から立ち上がり、その封筒を受け取って中身を確認する。

「特許関係……と労務関係、か」

「ああ、最近申請しようかと思ってるやつがあるんだ。西塔によろしく言っておいてくれ。今度飲もう、ってな」

冬季は優大に嫉妬しているようなことをたまに言ってくる。けれど、優大とはちょっとした友情というか、男同士の付き合いがあるみたいで、時々一緒に飲んだりしているみたいだ。

どちらかというと冬季の方が酒に強いので、優大を家まで送ることもあるみたいだけど。

「わかった。帰ってきたら日報書くから」

「ああ、日報は俺が書いとくからいいよ。あいつに時間があったら、お茶でもしてくれば?」

「……きっと、冬季さんにはそんな時間ないよ。でも、千鶴さんとは少し話してくるかも」

「わかった、早く行ってこい」

しっしっ、と言わんばかりに手を払う優大に苦笑しながら、侑依は書類の入った封筒を手にバッグを持ち上げた。服装をざっと確認してから、優大に向き直る。

「じゃあ、行ってきます」

「ああ、気を付けてな」

優大の言葉に返事をして、坂峰製作所の事務所を後にした。

しばらく歩いて、侑依は鏡を取り出して自分の顔を見る。化粧は崩れていないな、と軽くチェックして駅に向かった。

「冬季さんいるかな……」

週末に会ってから、まだ四日しか経っていないのに、もう会いたいと思ってしまう。

いずれ冬季と復縁する——

きっとお互いの両親はいい顔をしないだろう。詰(なじ)られることも覚悟しなければならない。

全てがすぐに上手(うま)くいくことはないだろう。けれど冬季と、誰に反対されても、西塔侑依に戻ると約束した。だから侑依は、彼に愛されているという自信を胸に、今度こそ何があっても負けずに頑張りたい。

決意を新たに、侑依は冬季のいる比嘉法律事務所へと歩を進めるのだった。

＊＊＊

侑依が比嘉法律事務所に着いた時、冬季は外出していて不在だった。

「書類、私が預かっておきますね」

にこりと笑ったパラリーガルの大崎千鶴は相変わらず綺麗だ。それに、今日は副所長の比嘉美雪もいて、挨拶をすると笑顔で挨拶を返される。彼女もとても美しい人で、この事務所には美形しか集まらないのかと思うほどだ。

千鶴とは、冬季が坂峰製作所の法務関係を担当するようになって以来の仲だ。年上だけれど、お互い気が合ってランチを一緒にすることもある。侑依にとっては、しっかり者の姉みたいな存在だ。

また彼女とランチに行きたいな、と思う。

「西塔はもうすぐ帰ってくると思うわよ」

考え事をしていると、美雪から声をかけられた。

「あ……そうですか、ありがとうございます」

軽く頭を下げると、明るい色を塗った唇が笑みを浮かべる。彼女は大きなファイルを持って、そのまま自身の個室へと移動していった。

「よかったら、お茶でもどうです？」

千鶴が笑顔で誘ってくれる。

「でも、冬季さんも忙しいだろうし……」

そこで誰かの視線を感じて、侑依は顔を上げる。

奥の応接スペースからじっとこちらを見ている女性に気付き、瞬きをして見つめ返した。

「凄くキレイな人ですね……でも、どこかで見たことがあるような」

さりげなく視線をずらし、コソコソと千鶴に尋ねる。すると、ああ、と声を抑えた千鶴が、侑依に教えてくれる。

「見たことあるかもしれませんよ。彼女は、今人気急上昇中のモデル、宮野亜由子さんです」

宮野亜由子は、侑依でも顔を知っている人気モデルだ。

「ああ、だからか……でも、どうしてここに彼女がいるんですか？」

変わらず小さな声で問うと、さらに声を抑えて千鶴が言った。

「彼女は以前、事務所と契約内容のトラブルがあったとかで、ウチに仕事を依頼してきたんです」

そこで一度言葉を切った千鶴の説明に、そういえば、と侑依は自分の記憶を探る。

いつだったか、そんなニュースをどこかで見たことがあったかもしれない。

侑依は気付かれない程度に、そっと彼女へ視線を向ける。

脚は長くて細く、腰の位置がめちゃくちゃ高い。モデルだけあって小顔だし、肌は白くて艶めいている。たぶん侑依より五歳以上は年下だろう。彼女は明らかに、一般人とは違うオーラをまとっていた。

「で、今回も事務所移籍に関してウチの事務所が依頼を受けたんですけど、彼女……とにかく西塔さんにご執心なんです」

「……っそう、ですか」

一瞬息が詰まってしまった。

美しい彼女に視線を向けると、再びばっちり目が合った。

やっぱりまた出てきた、と思う。

これまでも、冬季を好きになる女性はたくさんいた。彼女もその中の一人だけれど、本気中の本気の部類に入る感じが一目で見て取れる。

半端ない美しさの彼女は、立ったらきっと背も高いだろう。同じく背の高い冬季と並ぶと、美男美女カップルが出来上がりそうだ。と想像して、もしかしたらと思った。

彼女は以前、街中で冬季に親しげに寄り添っていた女性だと気付く。

同時にあの時の気持ちが蘇ってきて、咄嗟にいけないと首を振る。

冬季には自分がいるし、侑依にも彼だけだ。そのことを思い出して気持ちを立て直す。

「西塔さんはまったく相手にしていませんけどね。ただ彼女、西塔さんが指輪してても離婚してることは知ってますよ。もしかしたら、侑依さんの顔も知っているかもしれません。宮野さん、西塔さんに、かーなーり、本気です」

耳打ちするように言われて、もう宮野亜由子の顔を見られなかった。

やっぱりそうなんだ、と侑依はため息をつく。

「モテますね、冬季さん」

「そうですね。仕事できるし、クールなイメージですが、微笑みは極上。背が高くスタイルも良し、職業は弁護士で、スーツ姿の決まったイイ男ですからね。西塔冬季って」

千鶴は、肩を竦めながら、なぜか明後日の方向を見て冬季を語る。

まさに彼女の言う通りだ、と緩く笑いつつ、侑依は内心気が気じゃない。

彼といる以上、こういうことが繰り返されるんだよね、と心が沈んでいくのを感じる。

またもや負のループにはまりそうになって、侑依はギュッと手を握りしめた。

「西塔さんみたいな人がパートナーだと、気が気じゃないですよね？　でも、最近、お二人が上手くいっているのは知っていますよ？　西塔さんは、ほんとに侑依さんだけですもんね」

ふふ、と笑った千鶴はちらりと亜由子の方を見た。

「西塔さんは本当に、まったくもって、彼女を相手にしていませんから。あの人は、ただのクライアントの一人ですよ」

千鶴は、侑依を安心させようとしてくれている気がした。彼女は年上で、キャリアも充分なパラリーガル。冬季はそういうことを話す人ではないから、千鶴が目敏いのだろう。

ここでも侑依は心配をかけているのだろうと、千鶴に向かって微笑んだ。

「ありがとうございます。なんか、いろいろ心配かけてますよね、私。冬季さんのおかげで、もう一度一緒にいられるようになったけど……やっぱりまだ、揺れちゃうことがあって」

前髪を弄りながら言うと、ですよね、と千鶴に頷かれた。

「元凶は西塔冬季です。彼が、無駄にイイ男なのが悪い。女心は揺れて当然です」

千鶴は大人だ。年下の侑依にもこうして気を遣ってくれる。

決意したばかりなのに、なんだかまだいろいろダメだな、と侑依はため息をつきたくなった。

「侑依」

不意に後ろから呼びかけられる。振り向くと、帰ってきたばかりという感じの冬季が入り口の前に立っていた。彼は嬉しそうに微笑み、近づいてくる。

「今日はどうした？　もしかして書類を届けに？」

オフィスの中心にあるデスクは千鶴の場所だ。そこへまっすぐ歩いてきて侑依の前に立つ。

「うん、そう。優大に頼まれて、特許と労務の書類を持ってきたの」

先ほど千鶴に渡した封筒を、もう一度受け取り彼に差し出す。

彼はそれを受け取りつつ、侑依を見つめた。

「来週末までは、会えないと思ってた」

「うん。仕事で来ただけだから、そろそろ帰るけど」

「コーヒーを飲んでいくくらい、いいだろう？　その時間程度は坂峰も見越しているはずだ」

まったくもう、と侑依はちょっとだけ眉を寄せた。何も言わなくても、優大の意図を断定してくるところは彼らしいが、侑依は一応仕事でここに来ているのだ。休憩しに来たみたいに言う彼に、ちょっとだけムッとする。

「時間がないわけじゃないけど、そういう言い方は嫌い」

「なんで？　コーヒーを飲むくらい、いいじゃないか。どうせお茶してきてもいいと、いるみたいよ？」

「でも冬季さん、そっちこそコーヒーを飲んでる時間はないんじゃないの？　お客様が

彼は何もかもお見通しらしい。思わずグッと言葉に詰まってしまう。

坂峰に言われてきたんだろう？」

そこで初めて気付いたように顔を上げた。千鶴が奥に手を差し伸べて、侑依の前に来ていた亜由子の存在を冬季に教える。

「何の用だ？」

小さな声で問う冬季に、千鶴はにっこりと微笑んだ。

「西塔さんに直接言いたいことがあるとのことでしたので、お待ちいただきました。用件はまだ伺っていません。西塔さんの部屋にお通ししますか？」

「そこでいい。彼女の移籍の件は全て片が付いたというのに……」

冬季はコートを脱ぎながらそう言って侑依を見た。

「手早く済ませる。待てないか？」

彼の言葉は嬉しかった。何よりも、あの綺麗な彼女よりも先に、侑依の傍に来てくれたことに心が温かくなる。意地を張るのも馬鹿らしく、頷こうとしたその時——

「西塔さん、待ってたんですよ？」

魅力的な高い声がした。奥に座っていた亜由子がこちらに歩み寄り、冬季の腕にそっ

と触れてくる。

近くで見た亜由子は本当に美しかった。

目が大きくて、綺麗な二重目蓋。少し上がった目尻は猫っぽくてキュートだ。唇はやや薄いが、笑顔になるとそれが弧を描きとても可憐な雰囲気になる。間近で見ると小顔なのがよくわかり、肌の瑞々しさは輝くばかりだ。

自分が優先されるのが当然とばかりに、会話に割り込んできた亜由子を見て、彼女は本気なのだと思った。

「侑依、返事」

しかし、冬季はそんな彼女に構わず、侑依を呼び捨てにしてじっと見つめてくる。

この人には私だけなのだ、と思わせる表情に、侑依の胸が熱くなった。

「西塔さん、この方はどなたですか？」

聞き方は凄く丁寧だけど、侑依を見る目が笑っていない。こんな風に、あからさまな敵意の目を向けられるのは久しぶりだった。

「妻の侑依です」

ほんの微かに面倒そうな雰囲気を出しつつ、冬季は亜由子に向かって口を開いた。

一度ゆっくりと瞬きをした亜由子が、次の瞬間、侑依に対してにっこりと微笑んだ。

「西塔さんには大変お世話になっています。今回も、事務所の移籍に関して、いろいろと手を尽くしていただいて、本当に助かりました。そのお礼というか……今度、創刊されるファッション雑誌で、カバーガールを務めることになったのはお話ししましたよね？」

「ああ、そうだったね。契約にかかわっていたから覚えてるよ」

彼女は話している間も、冬季の腕から手を離さなかった。また、それを許している冬季にモヤモヤする。

「それで来週、ささやかですが創刊記念のパーティーがあるんです。西塔さん、よかったら奥様と一緒にいらしてください」

微笑んでいるのに、どこか侑依を睨(にら)んでいるような気がしてくる。挑戦的、と言っても過言ではない雰囲気だ。ただ、一瞬でそれを綺麗に消し去るのは凄いなと思う。

「仕事が立て込んでて、約束はできない。それに、彼女は関係ないだろう」

「あら、だって、奥様なんでしょう？　パーティーへの同伴は当たり前かと思ったんですが」

ちらりと侑依を見て微笑む彼女に、なんだか嫌な感じがする。

咄嗟(とっさ)に断ろうとするけれど、相手の方が上手(うわて)だった。

「これは招待状です。西塔さんには、本当にお世話になったから、ぜひ来て欲しいんです。それに、ドレスアップした西塔さんも見てみたいし。……ぜひ、お二人で来てくださいね」

冬季はチラッと自分の腕にかけられた亜由子の手を見た。彼は、その手を掴んでゆっくりと離す。そして、招待状を受け取り口元にだけ笑みを浮かべる。

「わかりました。仕事の都合がついたら伺います」

「嬉しい。絶対ですよ？　もし来られない時は、ＳＮＳに連絡してください。……でも、西塔さんは、絶対来てくれるってわかってますから」

うふふ、と嬉しそうに笑う顔は輝いていた。亜由子はもう一度、冬季の腕に自分の手をのせ、軽く服を握って離す。その一連の動きに女性らしさと色気を感じる。

侑依は目の前のやりとりを、ただ見つめることしかできなかった。

「じゃあ、奥様も来てくれるのをお待ちしています」

にっこりと輝く笑みを見せて、彼女は背を向けて事務所を出ていく。もちろん、ドアの前で微笑んで手を振るのを忘れない。

「はぁ、さすがですねぇ……あざとい、綺麗、可愛い、美しい」

そう言ったのは千鶴で、彼女は小さく首を振った。

わかっていてもどこか憎めない、というのが言葉の端に滲み出ている。

「どこが？　僕が指輪をしているにもかかわらず誘いをかけてくるし、わざとらしくパートナー同伴でなんて言ってきて……。僕には、彼女が君の言うような女にはとても見えないね」

「へぇ、そうなんですか？　お誘いってどんな風に？」

千鶴がニヤニヤして突っ込むと、冬季は目を細め一瞬だけ眉を寄せた。

「僕が誘うのは侑依だけだ。侑依、コーヒーは？」

脱いだコートとブリーフケースを手に持ち、視線を合わせてくる。

「部屋にお持ちしますよ。さっきのパーティーの件もあるし、ちょっとだけお話ししていったらどうですか」

トン、と千鶴から背中を押され、侑依は彼を見上げて頷いた。

彼がオフィス内の自分の部屋へ向かうのについて行く。

もちろん、モヤモヤしているし、盛大に嫉妬している。

腕に手をかけるのを好きにさせるなんて、と腹が立つが、今現在、侑依は彼と離婚をしている身。復縁を約束しているとはいえ、彼が女性に誘われようと、ああやって腕に触られようとも、厳密には何も言うことはできない。

むしろ、誰かいい人がいたら……と、自分で言っていたくらいだ。

たったあれだけでこんなに嫉妬するくせに、よくそんなことが言えたものだと反省する。

冬季の部屋に入り、促(うなが)されるままソファーに座る。彼はコートをハンガーにかけ、ブリーフケースをデスクに置いた。そこでタイミングよく千鶴がコーヒーと小さなお茶菓子を運んでくる。

侑依が立ち上がって頭を下げると、千鶴に微笑まれた。

「ゆっくりしていってくださいね」

「……ありがとうございます」

千鶴が部屋を出て行くと、冬季が侑依の隣に座ってくる。

なんでもないとわかっているのに、侑依はつい嫌味を言ってしまった。

「……さすがに美人のお誘いは断らないんですね。ぜひってお願いされてたし。腕も触られてさ……相変わらずモテモテですね、西塔冬季さんは」

我ながら可愛くないのを自覚しつつ、コーヒーを飲んだ。彼もまたカップを持ち上げ、コーヒーを飲む。そして、侑依を見ながら淡々と答えた。

「手を払うと失礼だろう？　面倒だけど、彼女の新しい事務所とは以前から付き合いもあるし、無下(むげ)にできないだけだ。仕事として」

最後の仕事として、の部分を強調して、冬季が微笑む。

「お願いだったら、君にされたいな。君の誘いだったら一も二もなく行くと返事するのに」

「……またそういう……誤魔化されないから」

プイッと横を向くと、彼はそんな侑依が可笑(おか)しいのか笑った気配がした。

「嫉妬は嬉しいよ、侑依」

はぁっ、と息を吐いてカップを置いた。

彼の嬉しそうな顔を見て、侑依は頬を膨(ふく)らませる。モヤモヤしたり嬉しかったり、女心は複雑だ。

カップを置いた彼が侑依に手を伸ばしてきたので、ついそれを避けてしまう。

「仕事忙しいのに、こんなことしてていいの？」

「君こそ、戻らなくていいのか？　それが僕のためだったら嬉しいな」

「別に冬季さんのためじゃないし、じゃあ、帰ってもいい？」

立ち上がると、すかさず手を引かれて冬季の方を向かされた。

「四日ぶりだ、侑依。これでまた来週まで会えない。だからせめて、コーヒーを飲む間くらい、ここにいて欲しい」

「……本当に忙しいのね」

「正直、この時も惜しいほど。でも相手が君なら、これも必要な時間だ」

口説(くど)き文句をサラッと言ってくる冬季に、侑依は一瞬視線を泳がせた。

「……パーティー、行くの？」

「君は？　さっきも言った通り、無下(むげ)には断れない誘いだ。所長も行けと言うだろうな」

断れない誘い、美人、冬季に気がある。

その要素だけでも、侑依の心が不安に揺れた。

「私は行かなくても大丈夫なのかな、それ」

「まぁ、都合がつかないならそれもありだろう。でも、これでまた週末が潰れるとなると、君との時間が無くなる。できれば、このパーティーの後の君の予約を取りたいところだ」

冬季との時間が無くなるのは、侑依としても寂しいしできれば避けたい。

しかし、それを素直に出すことができないのが侑依だ。

それに、このパーティーには嫌な予感しかしない。冬季に気があるあの美人だけでも気が重いのに、ファッション雑誌となれば綺麗な人がたくさんいることだろう。

冬季はいつも、人目を引く。未だにスカウトされることもあるというのだ。年齢と職業を言うと去っていくらしいけれど、それくらい冬季の存在は輝いている。

頑張る決意はしたけれど、やっぱり綺麗な人に囲まれる彼の姿を見たくなかった。

でも亜由子のあの目を見たら、侑依は絶対に逃げたらいけない気もする。

彼とこの先も一緒にいると約束した以上、侑依が必ず通らなくてはいけない道だ。

「……オシャレ、頑張らないとダメじゃない。とりあえず……美容室の予約、取らないと」

きっと華やかなパーティーになるだろう。ドレスは持っているもので大丈夫か心配だ。

ダメだった場合、経済的にキビシイ……

「一緒に新しいドレスを買いに行くか？　そのまま美容室でセットしてもらって、パーティーへ行くのもいいいな」

侑依の葛藤を知ってか知らずか、冬季がそう提案してくる。そこで、侑依は完全に腹を決めた。

「ドレスを買うお金はありません。自分でどうにかする」

「買ってあげるけど？」

「……またそういう……。もう、老後のためにお金貯めておいてよ」

冬季は少し声に出して笑って、侑依、と呼んだ。

「なに？」

「老後はどうしたい？」

具体的なことを聞かれて、グッと言葉に詰まる。

復縁をすると約束したけれど、そこまで先はまだ考えられない。

この人とそんな年になるまで一緒にいられるのだろうか。

それこそ、ともに白髪が生えるまで。

「なんか、冬季さんの白髪って想像できない」

想像したら、ちょっと楽しくなってきた。

「僕も同じだ。この綺麗な黒髪が白髪になるのが、上手くイメージできないな」

侑依は一回も髪を染めたことがないのが自慢だ。似合うと言われているので、このまま行けるところまで黒髪で通そうかと思っている。

冬季が侑依の髪に触れてくる。それだけで身体が震える感じがした。

思わず肩を竦(すく)めると、彼はクスッと笑って侑依の横の髪を耳にかける。

「君と暮らす老後のことはちゃんと考えてるよ。……ドレスとヘアセット、僕の好きにさせて欲しいんだが」

「……ありがたいけど、前に買ってもらったドレスがあるから。ヘアセットとメイクをしてもらえばそれなりになると思うし、自分でなんとかするよ」

「可愛くないな」

彼がちょっとムッとしたのがわかったが、侑依はきっぱりと言った。

「可愛くなくていいです。そんなことより……私のお願い聞いて」

「何？」

首を傾(かし)げた冬季の形のいい耳に唇を寄せる。

「頑張ってキレイにしてくるから、パーティーの間はできるだけ私の傍にいて」

冬季に耳打ちした後、そっと顔を覗(のぞ)き込む。彼は瞬(まばた)きをして、フッと笑った。

「そんなの当たり前だろう？　僕は君のパートナーだ」

「約束ね」

「ああ、約束だ」

指切りをするのは子供っぽいからしなかった。

侑依の頭を冬季が撫でてくる。

「また君が、僕の妻になることを願ってるよ。早く一緒に暮らしたい」

「そうね……ところで、パーティーはいつだって？」

彼は立ち上がってデスクの上に置いた招待状を手に取った。

「来週の土曜だな。時間は午後七時から。会場は渋谷のホテルだから迎えに行こう。パーティーの後、そこに泊まってもいいいな」

「……うん」

侑依が肯定したことに驚いたらしく、冬季は少しだけ目を大きくした。

「意地を張ったり素直になったり……それでも君が好きだよ」

デスクに招待状を無造作に放って、侑依の傍に歩いてくる。

さすがに侑依も、そろそろ帰らないといけない。バッグを持ってソファーから立ち上がると、彼に腰を引き寄せられ軽く抱きしめられた。

「当日が楽しみだ。……早く、君を抱きたい」

「もう、避妊はちゃんとしてよね。お互い、まだ独身なんだから」

最後に憎まれ口を叩くと、彼は軽くキスをした。

「言われなくても。二人でいる時間はまだ長くていい」

そうして腕を解いた彼は、侑依の手を引き自室のドアを開けた。

「送ってやれないが、気を付けて帰れよ、侑依」

「ん、ありがとう。また、来週、冬季さん」

事務所の出入り口まで送ってくれた冬季は、軽く手を振った。

侑依は手を振り返し、背を向けて足早に歩く。

一緒にパーティーかと思うと、過去のことを思い出して気が重くなる。しかも、亜由子は冬季が好きで堪らない感じに見えた。

侑依はいつでもライバルがたくさん。

でも、冬季は侑依だけを見つめてくれる。

「私も好きよ。だから、ライバルが多いのもしょうがないよね、あなたはイイ男だから」

はぁっ、と大きくため息をつき、前を向く。

来週、彼の前で綺麗な自分でいたいと思う侑依だった。

13

冬季は本当に忙しいらしく、先週末は会えなかった。というよりも、簡単なＳＮＳのメッセージすらほとんど返ってこなかったくらいだ。もしかしたら、と少し期待をしていた自分がいて、反省とともに残念な気持ちが湧き上がる。

『週末会えるように努力したが、無理だった。来週末会えるのを楽しみにしている』

彼のメッセージを見てテンションは上がったけれど、すぐに下がってしまう。

でも、この残念な気持ちは彼と付き合っていた頃はいつものことだった。冬季はいつも仕事が忙しく、何週間も会えないことがよくあったから。

まるで、気持ちがあの時に戻ったみたいだ。いや、きっと出会った時から、侑依の気持ちは何も変わっていなかったのかもしれない。

冬季に会いたい。彼の傍にずっといたい。

侑依は早く彼と会いたくて仕方なかった。けれど、と思わず表情を曇らせる。

あの綺麗な女性——亜由子が、冬季に本気のアプローチをしてきたら……

明日のパーティーの支度をしながら、侑依はついため息を零してしまった。

ああ、また負のループだわ、と侑依は髪をくしゃくしゃにする。

けれど彼のことが大好きで、ずっと一緒にいたい気持ちは、どんな状況でも変わらなかった。

『侑依、愛してるよ』

低い声で囁かれる言葉は全身を巡り、甘い毒のように身体に浸透しきっている。

彼の存在に身も心も絡め取られ、もう逃げることを考えるのすら無駄に思える。

パーティーで亜由子は、きっとまた冬季に馴れ馴れしく触れるだろう。

それを止めることはできないけれど、気持ちだけは前向きでいたい。

誰に何を言われても、彼は侑依の唯一の人だときちんと言えるように。

不安はある。でも、彼と二人でいるために、こんなことで負けてなんていられない。

「会いたいな。いつも不安が消えないから、会って抱きしめて欲しい」

彼の心がもっと欲しい。侑依がそうであるように、彼にも侑依だけであって欲しいと心から願う。

冬季がいつまでも侑依のことを好きでいますように、とただ祈るばかりだった。

＊＊＊

約束の日。

侑依は、以前冬季に買ってもらったドレスを着て、近くの美容室で髪の毛をセットしてもらった。仕上げにパールのバレッタをつけてもらい、いい感じに華やかな装いとなった。

「このドレス、デザインは素敵だけど、私には絶対買えないお値段だったんだよねぇ……」

あまり露出はしたくないと言ったのに、デコルテと背中の半分がシースルーなノースリーブのドレスを選ばれた。おまけに値段が可愛くなかった。

冬季にこのドレスを強くすすめられて、ムッとしながらも着た覚えがある。総レースになっているドレスは、足首よりも少し上の丈で、色は鮮やかなボルドー。パンプスは同ブランドの足首にやや太めのストラップがついているもの。今日は、冬季がアパートの前まで迎えに来てくれると言っていたから、ヒールが高くても大丈夫だろう。

約束の時刻にアパートを出ると、すでに冬季の車が停まっていた。築うん十年の決して綺麗とは言えないアパートの前に、高級車が停まっているのは正直目立つ。

メタリックの高級車には、特徴的なロゴマークがついている。この車は、侑依と結婚した時に買い替えたものだから、まだ真新しく綺麗だ。

車の助手席のドアを開けると、冬季が侑依を見る。

「お待たせ、冬季さん」

ドレスの裾に気を付けながら車に乗り込んだ。隣からの視線を感じて、運転席の彼を見る。

ほんの少しだけ光沢のあるグレーのスーツ。ジレとスラックスの三つ揃いで、シャツは同色だが薄いグレー。ネクタイも同じ色で、ポケットには白いチーフがあった。

「さすが、カッコイイね、冬季さん」

ドレスアップした冬季の姿にドキドキする。だが、きっとそう思うのは侑依だけではないだろう。パーティー会場に着いたら、誰だって同じ気持ちになるはずだ。

それくらい、今日の冬季はカッコイイ。

「君も綺麗だ。けど、そのピアス……それだけ安っぽいな」

確かに安いけど、と思いながら侑依は耳に触れた。髪飾りに合わせたコットンパールのピアスは、ドレスや靴、そしてバッグよりはるかに安い。全て冬季から買ってもらったものだが、ピアスだけは自分で購入したものだった。

「アクセサリー、あんまり持ってないから……ダメかな？」

「前にダイヤのピアスをプレゼントしただろう？　確か自分で買ったと言っていた本真珠の、こう耳から下がるタイプのピアスも君は大事に持っていた。それはどうした？」

彼は指で形を描きながら侑依に尋ねてくる。

ダイヤのピアスは、小さなダイヤがプラチナのチェーンを挟んで縦に三つ繋がれているもの。付き合っている時、誕生日プレゼントにもらったのだ。

耳から下がるタイプのピアスが好きなので、もらった時はとにかく嬉しくて毎日つけていた。

しかし、ジルコニアだと思っていたら、後から保証書を渡すのを忘れたと言われて、初めてダイヤモンドだとわかった。しかもプラチナ製。

もらった時は、彼が直接侑依の耳につけてくれたから、しばらく気付かなかったのだ。後日、特徴的なブルーの外箱を保証書などと一緒に渡されたのだが、侑依でも知っている有名ブランドに思わず目を見開いてしまった。

以来、めったにつけることはなく、大切にしまっている。

でもそのピアスは、彼からの初めてのプレゼントで、耳につけてくれた時のくすぐったさとドキドキ感、そして彼の指の感触を今もよく覚えていた。

「ダイヤのピアスは落としたくないし……本真珠のピアスは、引っ越す時に質に入れちゃった……」

「は……なんだそれは？　本真珠のピアスを質に？　ダイヤのピアスは落としたくない？　こういう時に使わなくていつ使う。せっかくプレゼントしたのにつけないってどういうことだ？」

だって、と思わず反論しそうになった言葉を呑み込んだ。確かに冬季の言っていることもわかる。プレゼントされたアクセサリーをつけるのも、くれた相手への感謝の気持ちになると思うから。

「ダイヤのピアスをつけなさい。取ってこないなら、まだ多少時間に余裕があるし、新しいのを買うがどうする？」

「……ごめんなさい。取ってくる」

侑依は急いで家に戻り、ダイヤのピアスを丁寧に身につけて彼の車に戻った。耳元を見た冬季は満足そうに微笑み、侑依の左手を取る。

「これを、君に返す」

そう言って、キラキラと輝きを放つ婚約指輪と結婚指輪を、侑依の左手の薬指に嵌めてくれた。かつては侑依の指にあったものだが、離婚した時に彼の家に置いてきた。

「……いいの？」

「君にあげたものだ。それに、また結婚してくれるんだろう？」

冬季は侑依の手の甲を、一度だけ親指で撫でる。じっと見つめてくるその視線に応えたいと思った。

しっかりと頷いた侑依にフッと笑って、冬季は車のエンジンをかけハンドルを握った。

＊　＊　＊

パーティー会場はホテルの三十九階にあり、眺望がよかった。

ささやかな、と言っていたけれど、侑依にはずいぶん豪勢なパーティーに見えた。淡い青のテーブルクロスに、綺麗に並べられた料理やドリンク。

「……なんか、大企業のパーティーに似てる？」

若干、腰が引けている侑依がそう言うと、平然と冬季に頷かれた。

「この雑誌の創刊は注目されている。規模はそれほど大きくないけど、やっぱり盛大にしたいんじゃないか？」

「……ささやかな、って言ってたのに」

「だから、人数が少ないだろう？　会場も小さい方だ」

侑依は彼の顔をまじまじと見る。この人はこういう場所に慣れているから、これでささやかに見えるのだろう。冬季と結婚してから、こういう世界を知った侑依は、今もまだ慣れない。

「そっか……」

侑依がため息をつくと、冬季は彼女の手を取り会場の奥へと歩を進める。

「西塔さん」

その時、後ろから声がかかる。振り向くと、この前以上に美しい亜由子がいた。

にこりと微笑むベージュ色の唇が綺麗だった。色白で血色がよく、ナチュラル風のきちんとしたメイクが映(は)えている。

ドレスの色は彼女の白い肌に馴染(なじ)む、薄いピンクベージュのグラデーション。総レースの繊細な作りで、裾部分がアシンメトリーになっており彼女の綺麗なくるぶしが見えている。

「来てくれて嬉しいです」

冬季は口元だけで微笑んだ。

「今日はお招きありがとうございます。それと、雑誌の創刊おめでとう。これからの宮野さんの活躍を願っていますよ」

「嬉しい。ありがとうございます！」

ありがとうございます、ハート、という感じの言い方が実に可愛らしい。

おまけに亜由子は、凄く自然に冬季の二の腕に手をかけ、にこにこと綺麗な笑みを浮かべている。その表情は輝いていて、彼への好意を全身でアピールしているように見えた。

傍（はた）から見れば、亜由子と冬季は特別な関係に見えるかもしれない。

それくらい、亜由子の仕草や表情は完璧だった。

けれど、侑依も誘っておきながら、冬季にだけ話しかける態度はどうなのだろう。

なんというか、とてもわかりやすいと思った。これまで冬季の周りにいた女性たちと同じ。

冬季の隣に相応（ふさわ）しいのは侑依ではないと、わからせるみたいに見せつけてくる。

左手の薬指に嵌（は）めてもらった二つの指輪が、凄く重たく感じる。

自分と冬季の関係を確実に表す、唯一のアクセサリー。ここで侑依が、気持ちで負けてそれを隠してしまったら、これまでと同じになってしまう。

小さく深呼吸をし、侑依は背筋を伸ばして一歩踏み出した。

「本日は、夫とともにお招きいただいて、ありがとうございます。とても盛大なパーティーで驚きました。雑誌の成功と、これからのご活躍をお祈りしております」

そう言って、左手で冬季の右腕に触れる。彼は侑依を見つめ微笑んだ。亜由子の手はそのままに、右手で侑依の左手を掴んで軽く引き寄せる。

「妻と楽しませていただきます、宮野さん」

亜由子の顔が少しだけ強張ったのがわかった。でも、彼女はすぐに笑みを浮かべ、冬季からそっと手を離す。

「ええ、じゃあ、また後ほど」

そうして会場の中央に戻っていく彼女を見て、ホッと息を吐き出した。

「素敵なドレス着てたね。今日は、メイクも凄くキレイだし、さすがモデルさん……」

侑依は侑依だし、彼女に劣等感を感じる必要はない。そう自分に言い聞かせる。それでも、つい弱音が口をついて出てしまった。

「……ごめんなさい」

言ってしまってから後悔し、咄嗟に謝ったものの、謝ることでもなかったかもしれない。

気持ちでは負けないと決意してきても、そう上手く感情を切り替えることはできないらしい。

そんな侑依の心を知ってか知らずか、冬季は相変わらずストレートな言葉をくれた。

「宮野さんのドレスよりも君のドレスの方が高価だし、アクセサリーも一流だ。それに、僕にとっては、君以上に可愛くて綺麗な女はいない」

そう言って微笑む冬季に、侑依の顔が熱くなってくる。

「侑依」

名を呼ばれて彼を見ると、耳に彼の手が触れ耳朶をそっと包まれる。

「本真珠のピアスを買ってやる。今度は質になんか入れるなよ」

「……あれは私が買ったものだから。それに、このダイヤのピアスだけで充分」

そっと彼の手から逃れて、ピアスに触れる。

「僕がプレゼントしたいんだ。君に似合っていた」

「だからそういうお金は、老後のために貯めておいてよ」

「ただ、ありがとうと言えばいいのに」

冬季は目を細めるが、すぐに笑って侑依の手を取る。

「まぁ、いい。君らしくて」

指を絡めて繋いでくる彼に応えた。

いつもと心の持ち方が違うのは、冬季と一緒にいたいという気持ちが強いから。

パーティー開始の挨拶（あいさつ）が始まっても、侑依は彼と手を繋（つな）いでいた。

その温かさが、心までも温かくするようだった。

＊　＊　＊

また来ると言った亜由子は、パーティーが半ばに差し掛かっても来なかった。

侑依は軽くシャンパンを飲みながら、料理を楽しむ。その間、冬季は数人の人に話しかけられていたが、侑依の隣を離れることはなかった。

ずっと一緒にいて、という侑依との約束を守ってくれている彼に、少し悪い気もしたが嬉しかった。

「ちょっと、化粧室に行ってくる」

冬季の会話が一段落ついたところで、侑依は持っていたワイングラスを置いて声をかける。

「ああ」

頷く彼に微笑み、会場を出て化粧室に向かった。

用を済ませて手を洗っていると、ドレスアップした自分と目が合う。

我ながら、それなりに綺麗に仕上がっていると思う。もちろん、輝くような亜由子の美しさには敵うはずもないが、そもそもモデルの亜由子とごく平凡な自分を比べるだけ無駄だ。

冬季は侑依がいいと言ってくれる。自分はその言葉を信じていればいいのだ。

鏡の中の自分にそう言い聞かせ、侑依はにこりと笑みを浮かべる。

少し鼻の頭がテカっているのに気付き、ペーパータオルで軽く押さえた。軽く化粧直しをしていると、耳元でダイヤのピアスが揺れる。

「本真珠のピアス、かぁ……仕方なかったんだよね。大した金額にはならなかったけど、あの時はいろいろ物入りだったし……」

離婚した当初、自分の貯金はわずかだった。結婚式の費用に充てたり、一緒に暮らすためのものを買ったりしたからだった。それでも、彼には頼らないと決めていたので、大事にしていた本真珠のピアスを質に入れてしまったのだ。

こんなことをしてまで、と思ったけれど、自分で決めたことを曲げたくなかった。

「今ではもう、全てが後悔だなぁ」

若さゆえ、という言葉では片付けられないことばかり。

侑依はこれから、自分でしてしまったことの責任を取っていかなければいけないと思う。

冬季にも、できるだけ謝罪や反省の気持ちを表していくつもりだ。侑依がつい意地を張ってしまうのは、彼のせいでもあるのだけれど。

もう一度、鏡でおかしなところがないかチェックして化粧室を出る。

そこで、亜由子がこちらに向かって歩いて来るのが見えた。彼女もクラッチバッグを持っているので、きっと化粧直しをしに来たのだろう。

侑依は何も言わず通り過ぎようと思った。だが、亜由子が目の前に立ちはだかり、厳しい目で睨んでくる。

「ねぇ、どうして離婚したのにまだ奥さん面してるの？」

まさか、いきなりこんなことを言われるとは思わず侑依は目を見開いた。

「素敵なドレス。それ、西塔さんが買ってくれたもの？　さすがよね、彼ほどの弁護士だったら、そのドレスのお金くらい平気で出せるでしょうね」

冬季に買ってもらったシルエットの綺麗なドレスは、一流ブランドのもの。侑依のお給料ではとても手が出ないような高価なドレスなのも確かだ。ただ、亜由子の言い方にムッとする。

「そうですね。冬季さんには感謝してます」

内心の感情を抑え、侑依は平静を意識して言葉を返す。

「感謝？　私、比嘉法律事務所であなたを見た時、目を疑っちゃった。あの西塔さんが、あなたしか見ていないんだもの。冬季さんなんて名前で呼んで親しそうにしてるあなたに、彼を独占するだけの何があるの？」

冬季が離婚したことはすでに周囲に知られている、とパラリーガルの千鶴が言っていた。そして、亜由子もまた、冬季が離婚していることと、侑依のことを知っているかも、と。もしかしたら彼女は、以前冬季と一緒に出席したパーティーのどれかにいたのかもしれない。それ以外、会ったこともない亜由子が侑依の顔を知っている理由はないから。

「何もありませんけど」

正直に思ったままを伝えると、亜由子の眉がひそめられる。

「離婚したのに未だに指輪をつけて……彼に寄り添ってるわけ？　今頃になって西塔さんのこと惜しくなったの？」

腕組みをして亜由子は侑依を睨みつける。

「この指輪は、冬季さんが返してくれたんです。……これからは、ずっと持っていることにしました」

「それって、またお付き合いを始めるってこと？」

「そうなります」

きっぱりと言った侑依に、亜由子はハッと呆れたように笑った。

そして一度横を向いた後、これまで以上に強い目を向けてくる。

「信じられない。西塔さんは弁護士なのよ。なのに、結婚後スピード離婚。それが、どれだけ彼の信用を落としたと思うの？　私だったら、絶対にそんなことしないし、あなたより彼を大事にできる。西塔さんは、あなたなんかには、もったいない人だわ。あれだけ仕事ができて、容姿も抜群。芸能界にだって、あんなに素敵な人はいない。なのにあなたは、また彼を自分のものにしようとするの？」

亜由子は思っていた以上に彼に本気なのだな、と思った。

冬季の容姿や職業だけに惹かれ、侑依を敵視しているわけではないらしい。

そして、きっと亜由子の言ったことが、世間一般の侑依に対する見方なのだろう。

彼女の言う通り、離婚したことで彼に多大なる迷惑をかけ、傷付けてしまったのは侑依だ。

後悔や反省は尽きない。けれど、それだけのことをしてしまっても、再び冬季とともに生きていくと決めたのだ。何を言われても、侑依は決して引く気はなかった。

亜由子が本気であるように、侑依も本気で冬季が好きなのだ。もう二度と、彼の手を離したくない。彼と一緒に、歩いていきたいと思う。

冬季だけが、侑依にとって唯一の存在なのだ。

「冬季さんは、私しか好きじゃないから」

侑依は右手で左手を包み、薬指に嵌まった指輪を撫でた。

「もしかしたら、この先、心変わりがあるかもしれない。嫌われることがあるかもしれない。喧嘩して、顔も見たくなくなるかもしれない。それでも、お互いに恋をしている。私のわがままで離婚してしまったけれど、もう一度、一緒にいようと約束したんです」

冬季は侑依を愛している。侑依もまた、冬季を愛している。

これはまぎれもない事実。離婚しても、この気持ちだけは変わらなかった。

彼に抱かれるたびに、どうしようもないほど満たされる。

それは、冬季が侑依の唯一の人だからだ。

「きっと冬季さんは、あなたに靡（なび）かない。たとえどんな美人を前にしても、彼は私しか見えていないんです」

そう言い切った。今は、冬季は侑依のものだと。

亜由子が一瞬目を見開き、すぐに視線を鋭くした。美人にそんな目を向けられると、さすがにちょっと怯（ひる）む。けれど侑依は、それに負けないようにしゃんと立って、彼女を見返した。

彼への気持ちは絶対に揺るがないのだから。

「……大した自信ね。でも離婚って、お互いのサインが必要でしょう？　だったらどうして西塔さんは離婚届にサインしたのかしら？　あなたのどこかが嫌いだったからじゃないの？」

それは違うと言う前に、亜由子の少し後ろに冬季が立っているのに気付いた。

驚いて瞬きをしているうちに、呆れた顔をした彼が近づいてくる。

「侑依の言う通り、僕は侑依しか見えていない」

亜由子が驚愕の表情で後ろを振り返った。そんな彼女に向かって、彼はさらに言う。

「離婚届にサインをしたのは、侑依が望んだからです。でもそれは間違いだった。一度切った縁を繋ぐことは難しいとわかっていたのに、侑依のためにやってしまった」

表情を変えず淡々と言う冬季に、亜由子は下唇を噛んだ。

彼はいったいいつから二人の会話を聞いていたのだろう……

もしかしたら冬季は、わりと最初から話を聞いていたのかもしれない。

「僕は侑依のためなら、自分の仕事への影響も顧みず、離婚届にサインができる男です。宮野さんなら、他にもっといい相手がいるでしょう」

亜由子は横を向いて、自分の腕を掴む。そして首を横に振って、冬季を見つめた。

「そんな西塔さんだから好きなんです。あなたが私のことを好きになってくれたら、侑依さんみたいに愛してくれるんでしょう？」

「気持ちはありがたいですが、もし万が一、あなたと付き合うことがあったとしても、侑依のように愛することはありません」

冬季らしい、ストレートすぎる言葉に亜由子の表情がはっきりと強張った。

「……僕が本気で愛するのは侑依だけです。別れた元妻を愛し続ける未練たらしい男は、やめた方がいいと思いますよ。それに経験として、芸能人と付き合うのはごめんです。あなたのような美人は、三日で飽きそうだ」

かなり酷いことを言った気がしたが、綺麗に微笑んだ彼はやっぱり魅力的だと思う。

冬季は侑依を見つめて口を開いた。

「そう思うだろう？　侑依。こんな僕には君だけだ」

冬季が未練たらしいと思ったことはなかった。悪いのはだらしなく関係を続けた侑依の方だ。

けれど彼は、そんな風に言うことで侑依を許し、亜由子ではなく侑依を選んでいると伝えているのだろう。

「……そうね。私にも、冬季さんだけよ」

冬季は侑依をただ見つめて微笑んだ。侑依もまた同じようにする。

すると、亜由子が笑った。

「私は、そういう一途な西塔さんがいいんです。気持ちは、誰にも止められません」

だから、と亜由子は冬季に近づき、彼の腕に手を添えた。

「私は、諦めませんよ。あなたのことが本気で好きなんです。これからもお仕事で会うでしょうから、よろしくお願いします」

彼女は冬季の腕を軽く撫でてその横を通り過ぎ、パーティー会場へと入っていった。

侑依は冬季を見て、なんとも言えないため息をつく。

不思議なことに、気持ちは穏やかだった。むしろ、さすがだな、と思う。

職業は弁護士で、背が高く、高学歴。仕事ができて、抜群の容姿を持つ男。

たまに言い方が冷たく、ストレートすぎるのが玉に瑕(きず)だけれど、誰もが認める素敵な人。

「ほんと、モテるなぁ……冬季さん」

侑依にはもったいないくらいの元夫は、侑依の腰を抱き寄せ耳元で、愛していると囁(ささや)く。

「私、冬季さんのそういうモテるところが嫌い」

彼を見上げてそう言うと、すぐに言葉が返ってきた。

「僕も侑依の意地っ張りで素直じゃないところが嫌いだ」

そう言いながら、冬季は侑依の左手を取る。

「でも、今度は君が泣いても叫んでも、別れたりしない。君に嫌いなところがあっても、それ以上に愛している気持ちの方が強いからな。だから、この手は離してやらない、どんなことがあっても」

「その言い方、どこか病的じゃない？」

眉を寄せた侑依に、冬季は堂々と言った。

「君限定だ。それだけのことを君はした。健全な男を変えた責任を取って欲しいな」

冬季は侑依の手を引き、パーティー会場へと歩を進める。

「そうね。冬季さんがおじいちゃんになっても、傍にいるくらいには責任を取るよ」

冬季はクスッと笑って侑依を見る。

「もう一回言ってくれ。録音しておく」

そう言ってスマホを取り出した彼に、首を振って笑った。

「やだよ！　言質（げんち）を取り損ねるなんて、詰めが甘いんじゃないの。弁護士のくせに」

冬季は一度天井（てんじょう）を仰ぎ見て、それからさらに侑依の手を引っ張り傍へと寄せた。

「このホテルの部屋を取っている。今夜は覚悟しておくといい」

耳元で言われて身体が震える。

侑依は返事の代わりに彼の手をギュッと握った。

甘い誘いに心臓が大きな音を鳴らし、冬季に聞こえないかと心配するのだった。

## 14

パーティーが終わった後、すぐに冬季は侑依を連れ会場を後にした。

ホテルの部屋を取っていると言っていたが、もうすでにチェックインを済ませていたらしい。いったいいつの間に、と驚いてしまう。だが彼のことだから、時間を無駄にするのが嫌だったのかもしれない。

侑依はといえば、なぜか落ち着かない気持ちを味わっている。目の前に来たエレベーターに乗るのを一瞬躊躇（ちゅうちょ）してしまい、彼に背を軽く押された。一緒にエレベーターに入ったところで、侑依はおずおずと冬季を見上げる。

「一緒にいたくないのか？」

「そういうわけじゃないけど……ちょっとドキドキして」

「なんでだ？」

「さぁ、なんでかな……」

彼が押した階数が近づくにつれ、さらにドキドキが強くなった。

これから彼とすることを想像するだけで、身体が熱くなる。

「少しすっきりした顔をしているな」

「そう？」

「ああ」

それだけ答えると冬季はしばらく押し黙った。そして、次に口を開いた時、彼は微（かす）かに眉を寄せて侑依を見てくる。

「……今までも、今日のようなことを他の女から言われたことがあるか？」

「どうして？」

「……だったら申し訳なかったと思った」

冬季は感情に敏感な人だと思うが、時々鈍感だ。彼はパーティーとなると、ひっきりなしに人から話しかけられたり、仕事の話をしていたりしたので、知らなくても当然だ。侑依も、あえて彼には何も伝えなかったし。

「なに、急に」

侑依は笑って冬季に言う。

でも、初めてあんな風に言い返せた、と今日の出来事を振り返る。

今日も冬季はいろんな人と話していた。侑依はただ笑みを浮かべて会釈(えしゃく)をするだけだったけど、自分に向けられるちょっとした悪意はいつもの通り。

ただ違ったのは、亜由子に対してはっきりと自分の意見をぶつけたことと、途中で彼が間に入ってきたこと。

エレベーターのドアが開き、冬季に背を抱かれて一緒に出る。

「僕は君に、いつでも笑っていてほしかった。ただ、もしこれまでも、今日のようなことがあったとしたら、そうはいかなかっただろうと思って。僕がモテるのが嫌いだと言われた意味が、わかった気がした」

話しているうちに目的の部屋に着く。彼はカードキーをかざしてドアを開け、侑依を先に部屋に入れた。彼はドアを閉めるなり、なぜかため息をついた。

「冬季さん、ホント自信あるよね。自分がモテるって事実として受け入れちゃってる感じ？　それって、なんか凄いよねぇ……」

侑依はわざと茶化すように言った。すると彼は、自分の髪の毛に手を差し入れ、セットしていた髪を少し崩して、侑依を見る。

「茶化すなよ。この顔で得することもあるが、損をすることだってあるんだ。どちらかと言えば、損した方が多い。君とだって、離婚する羽目になった」

「それは、何度も聞いたよ。持って生まれた才能や容姿なんて、自分ではどうしようもないものだけど……冬季さん、意外と繊細だからね」

「意外と、は余計だ」

彼はムッとした顔を向け、やや乱暴に息を吐く。そうして上着に手をかけ、脱いだ。彼はその上着をクローゼットにかける。侑依は無言でその姿を見つめた。

服を一枚脱いだだけでドキドキする。身体のラインが少し露わになり、スタイルのよさが伝わってくるからだ。

彼から目を逸らして、窓の外に目を移した。侑依は部屋の奥にある、大きな窓の傍まで移動する。

しばらく美しい夜景を眺めていると、背後から冬季の声がした。

「侑依、悪かった」

「……なにが？」

「とぼけなくていい」

侑依の背中に、彼の身体がぴったりと重なってくる。

「とぼけてない」

意地を張ってそう言うと、彼はフッと笑って侑依の身体をガラスに押し付けた。

「じゃあ、そういうことにしておく。意外と夜は短い」

大きな手が侑依の腰骨を撫でた。

「このドレス、久しぶりに見たな。買った後、一回くらいしか着たのを見なかった」

「そりゃ……これの値段を考えたらね……。それに、レースを引っかけたりしたら悲しいことになるでしょ？」

そう言うと、クスッと耳元で笑われる。さらにぐっと身体を押し付けてくる冬季に、侑依の心臓の速度は上がりっぱなしだ。

「そうなったらまた買ってやるのに」

「だからそんなお金は……」

侑依がみなまで言う前に、はいはい、という様子で彼がその先を言った。

「老後に取っておけと言うんだろう？　何回も言わなくてもわかっている」

そうして可笑しそうに笑いながら侑依のドレスを後ろから少しずつ捲り上げていく。ショーツの上から臀部の丸みを撫でられた。

「んっ」

小さく声を漏らす侑依に、彼は自分の身体の反応をわからせるように下半身を押しつける。

「君だけが好きだ。愛している。それはこの先もずっと変わらない。どんな女が現れても、僕には君しか見えない」

そんな告白を冬季みたいな人からされたら、コロッと参ってしまいそう。実際もう、コロッといきそうになっている。侑依は彼の熱さを肌に感じ、そこへ向かって手を伸ばした。

「コレ、私以外の人に、もう使わないって約束して」

「まるで道具みたいに言うなよ」

ムッとしたように言いながらも、彼は侑依の手をさらに強く自分自身に押し付ける。

「君と出会ってからは、君としかセックスしていない。これからもずっとだ」

冬季の熱い告白を聞きながら、侑依は自分のショーツが下げられていくのを感じた。そして後ろから隙間を探られ、撫でられ、最初から二本の指が中に入ってきた。

「あ……っん」

「少し濡れてるな、侑依」

「だからなに？」

「早いな、と」

クスッと笑った冬季が、侑依の隙間や尖った部分を撫でる。

身体の中を出たり入ったりする指に、侑依はあっという間に気持ちよくなってしまう。濡れた音を立てているソコから、快感が波紋のように広がり、侑依は喘ぎ声を上げて冬季に言った。

「入れ……ないの？」

「ここでしていいのか？　外から見えてるかもしれないぞ？」

確かに大きな窓のカーテンを開けているから、外から完全に見えないという保証はないかもしれない。

「それに、いつもはこういう服を着ていると、服が皺になるからダメとか言ってくるのに、本当にいいのか？」

確かにそうだ。このドレスはとても高い。庶民の侑依は、いつもそれが気になってしまう。けれど、今はもうそんなことはどうでもよくなっていた。

冬季が、欲しくて堪らない。そして、彼にも早く乱れて欲しいと思う。

「私も、あなたといると劣情まみれになる。もう、なんでこんな素敵な人が、私の前にって思うよ。でも、冬季さんの痕が身体中に染み込んでいる私は、もうあなた以外の誰かなんて、欲しくない」

侑依はもう、彼以外の人を愛せない。

冬季もまた侑依しかいなくて、そのことを離婚したことで再認識したのかもしれない。

そして、それがわかった今、侑依には、彼しか見えないのだ。

侑依を満たせるのは、唯一、冬季だけなのだから……

「冬季さんは、したくないの？　私は、したいよ」

侑依がそう言うと、彼が背後で息を呑んだのがわかった。

冬季は侑依のドレスのスカート部分を腰まで捲り上げ臀部と太腿に触れた。

「レースさえ気を付けてくれれば、どうしてもいいから……」

「じゃあ、ドレスは乱してもいいんだな？」

少し掠れた声で確認してきた冬季は、侑依の臀部を撫でていた手で脚の付け根を探る。

性急な動きで脚の間に指を滑らせつつ、彼は自分の腰を侑依の身体に擦り付けてきた。

「すごい、大きい……っ」

はぁ、と熱い息を吐くと、彼もまた興奮した様子で侑依の首筋に顔を埋める。

「君でこうなってるんだ。わかるだろう？　侑依」

侑依は後ろを向いて、彼を見た。

「私も、冬季さんの指で濡れてる。だから……冬季さんのが、欲しい」

冬季は唇だけで笑うと、頬にキスをしてきた。それから侑依の口元にコンドームのパッケージを近づける。素直に噛むと、彼は片手でパッケージを破り、中身を取り出した。

「それ、どこに持ってたの？」

噛んでいたパッケージを口から落として尋ねる。彼は侑依の隙間に自分のモノを宛てがいながら、笑った。

「最初から、スラックスのポケットの中に」

「……今日は凄くオシャレで、カッコイイスーツ姿なのに……。ホント、エロ弁護士様だね」

「ああ、そうだな」

そう言いながら、冬季は一気に自分のモノを奥まで埋めてきた。

「んっ……あ」

侑依の目の前がチカチカする。大して愛撫もされていないのに、と息を詰めた。でも、彼と繋がるこの瞬間が愛しくて堪らない。

「あ、冬季さん……っすき」

ガラスに強く身体が押し付けられる。ガラスの冷たい感触が心地よく感じるのは、身体が熱く火照っているからだろう。

一気に奥まで入れた後、しばらく動かないでいた彼は、侑依の耳の後ろにキスをした。

「もっと、好きになればいい。二度と僕から離れられないように」

そんなの、もうとっくになってる。

「離れない、よ、冬季さん」

彼の腰がさらに強く押し付けられ、これ以上ないくらい侑依の中の彼が深度を深めた。

「あ……っん」

「侑依、愛してる」

ゆっくりと腰を揺らされて、逃げ場のない侑依は彼に与えられるまま快感を得る。

「私も、愛してる」

侑依の言葉に、冬季はギリギリまで腰を引き、強く腰を突き上げてきた。

ホテルの部屋に、互いの濡(ぬ)れた息遣いと身体をぶつける音が響(ひび)く。

「侑依……っ」

「は……っあ！」

後ろを向くと、顎(あご)を掴(つか)まれ噛みつくようなキスをされる。そのまま腰を突き上げられ、苦しさと快感がないまぜになった。

中に感じる彼がさらに大きくなり、侑依の隙間をぴったりと埋め尽くす。

窓に押し付けられ身動きできない状態で追い上げられる。それが、もの凄く感じて堪(たま)

らない。お腹の底から込み上げてくる疼きが、どうしようもないほど侑依を翻弄した。

「あっ……あ……っん！」

侑依は彼との行為に溺れ、声を上げる。

大きく反応した彼が、侑依の身体の中に入って、こんなにも深く愛してくれている。

それがとても嬉しくて、愛しさが込み上げた。

もっとしてほしいと思う。いつも以上に、彼との行為に溺れたいと思った。

これほどの人はもう現れない。

二度と手を離さず、ずっと傍にいると自分に誓う。

それくらい侑依は、冬季を愛していた。

＊　＊　＊

翌朝ベッドで目覚めた侑依の目に、最初にゴミ箱が入ってきた。

なんでこんなベッドの近くに、と眉を寄せるが、その理由に思い至って顔を熱くする。

答えは簡単、昨夜セックスをしたからだ。

一度ホテルの窓際で繋がった時は、彼も侑依も達するのが早くてすぐに終わった。そのまま二回戦というところで、どういうわけか言い争いを始めてしまったのだ。

彼が欲しくて、高いドレスを着たまま繋がってしまった侑依だけど、少し熱が治まったことでついドレスの心配を口にしてしまった。

その瞬間、彼は眉を寄せ不機嫌な顔になる。それでもなんとかお願いして、ドレスのファスナーを下げてもらった。だが、その下げ方がちょっと乱暴で、思わず、「丁寧に」と言ってしまった。

さらに不機嫌さを増した冬季は、侑依の言葉を無視してドレスを脱がしバスルームへ連れて行く。互いに文句を言いながらも、バスルームで一戦交えようとしたところで、性懲りもなく侑依はまた余計なことを言ってしまう。

『ゴムしてないのに入れちゃいや』

『別にいいだろう？　外で出す』

『ダメだってば……もう、しないよ？』

『僕にまた我慢しろと言うのか？』

また不機嫌な顔をした冬季に、持ち前の意地っ張りな性格が顔を出してしまった。

そんなつもりはなかったのに、無言で彼の身体を押し返しバスルームを出て行く。脱衣所で頭からバスタオルをかぶって髪の毛を拭いていると、後ろから襲われた。

どうにか逃げたけれど捕まって、身体もろくに拭かないままベッドへ押し倒される。

その後の冬季は、とにかく執拗だった。

侑依は喘がされ、時には焦らされ、もっとと言わされながら自ら腰を揺らした。思い出せば思い出すほど、恥ずかしくエロいセックス。彼のことが好きだし、抱かれたいと思っていたけど、こんなにセックスばかりしていていいんだろうか。ゴミ箱の中は、ティッシュと使い終わったコンドーム。そしてコンドームが入っていたパッケージのみ。

いい年をして、何をやっているんだと侑依は内心頭を抱える。

そして、そんな風に侑依を愛した冬季はというと、満足したのか珍しくまだ眠っていた。

「復縁したら、ずっとこんな感じでやっていくのかな……冬季さんエロいし」

真面目そうな、清潔感のある美形のくせして、セックスはかなり濃厚だ。侑依の身体の隅々までこれでもかというくらい愛してくれる。

「誰がエロいって？　侑依だって相当だ」

目を閉じたまま冬季が口を開いた。

まさか起きているとは思わないから、侑依はびっくりして目を見開く。

はぁ、と息を吐いて、ゆっくりと目を開けた冬季がこちらを見た。寝起きの彼は、目に毒なほどの色っぽさを湛えている。

「私？　冬季さんだよエロいのは」

「侑依だって、自分から腰を振っていた。ダメだと言うわりに、好きだよな」

「違うってば」

侑依が焦って否定すると、フッと笑った彼に抱き寄せられる。

「どうでもいいが、いつ引っ越してくる？」

「え？　今すぐは無理だよ。まだアパートの契約期間が残ってるし、それで家賃が安くなってるんだから……」

その言葉に冬季はため息をつき、間近から侑依を見つめる。

「そんなのどうにでもなる。いいからすぐに引っ越してくるんだ、わかったね？」

なんだそれは、と唇を尖らせると、その唇を指で摘まれる。

「君を愛しているから言ってるんだ。傍にいてくれるんだろ？」

横暴な命令が甘いお願いに早変わりして、侑依の顔が熱くなった。言葉もなく、侑依は冬季を見上げる。

「僕の仕事が忙しいのは変わらない。でも、それが理由で君と会えなくなるのは本意じゃない。だからもう一度、家に帰ったら君がいてくれる暮らしに戻りたいんだ。いいね？」

なんか強引な言い方だけど。これが冬季の不器用さだと思えば、どこか愛しい。

「…………本当にどうにでもなる？」

「ああ、僕は弁護士だ。どうにでもしてやる。ただし、君限定でね」

「職権乱用」

「だから君だけと言っている」

その言い方はまったく甘くないけれど、甘い言葉に聞こえて仕方がなかった。

だから侑依は彼の首に手を回し、その唇に小さくキスをする。

「じゃあ、お願いします。……あー、また引っ越しか……」

「時間があったら、手伝ってやるよ。しょうがないからね」

侑依を上げて落とすのは変わらない。

でも彼だけしかいない侑依には、その言葉もまた優しく、好きだと言っているように聞こえた。

「うん、お願いね」

「ああ、わかった」

このそっけない言い方に、内心ため息だけど。

まぁ、いいかと思う。

唯一無二の存在が隣にいてくれるのだから。

「好きよ、冬季さん」

侑依が言うと彼はフッと笑って頷いた。

「僕もだ」

そうして互いにキスを交わし、そのキスが深くなっていく。

当たり前のように彼の身体が上に重なってきて、朝からセックスの予感。
その愛しい重みを受け止めながら、彼との熱い朝を堪能し始める侑依だった。

恋愛小説「エタニティブックス」の人気作を漫画化！

Eternity COMICS

# 君と出逢って

漫画 柚和 杏 Anzu Yuwa

原作 井上美珠 Miju Inoue

必ず

幸せにします…

どんどん増していく――

あなたからはいつも甘い香りがして好きなんです

訳あって仕事を辞め、充電中の純奈（じゅんな）。独身で彼氏もいないけど、そもそも恋愛に興味なし。別にこのまま一人でも……と思っていた矢先、偶然何度も顔を合わせていたエリート外交官・貴嶺（たかね）と、なぜか結婚前提でお付き合いをすることに！　ハグもキスもその先も、知らないことだらけで戸惑う純奈を貴嶺は優しく包み込み、身も心も愛される幸せを教えてくれて――

B6判　定価：704円（10%税込）ISBN 978-4-434-27987-4

本書は、2018年5月当社より単行本として刊行されたものを文庫化したものです。


この作品に対する皆様のご意見・ご感想をお待ちしております。

おハガキ・お手紙は以下の宛先にお送りください。

【宛先】

〒150-6008 東京都渋谷区恵比寿4-20-3 恵比寿ｶﾞｰﾃﾞﾝﾌﾟﾚｲｽﾀﾜｰ 8F
（株）アルファポリス　書籍感想係

メールフォームでのご意見・ご感想は右のＱＲコードから、
あるいは以下のワードで検索をかけてください。

ご感想はこちらから

エタニティ文庫


君に永遠の愛を 1

井上美珠

2023年4月15日初版発行

文庫編集－熊澤菜々子
編集長－倉持真理
発行者－梶本雄介
発行所－株式会社アルファポリス
〒150-6008 東京都渋谷区恵比寿4-20-3 恵比寿ｶﾞｰﾃﾞﾝﾌﾟﾚｲｽﾀﾜｰ8F
TEL 03-6277-1601（営業） 03-6277-1602（編集）
URL https://www.alphapolis.co.jp/
発売元－株式会社星雲社（共同出版社・流通責任出版社）
〒112-0005 東京都文京区水道1-3-30
TEL 03-3868-3275
装丁イラスト－小路龍流
装丁デザイン－ansyyqdesign
印刷－中央精版印刷株式会社

価格はカバーに表示されてあります。

落丁乱丁の場合はアルファポリスまでご連絡ください。

送料は小社負担でお取り替えします。



ISBN978-4-434-31888-7 C0193